Mona Kern

Falsche Liebe

Eine wahre Geschichte

Verlag: tredition GmbH, Hamburg
ISBN: 978-3-7323-7334-5
Printed in Germany

Bibliografische Information der Deutschen Nationalbibliothek:
Die Deutsche Nationalbibliothek verzeichnet diese
Publikation in der Deutschen Nationalbibliografie;
detaillierte bibliografische Daten sind im Internet
über http://dnb.d-nb.de abrufbar.

Die Geschichte der ersten dreißig Jahre meines Lebens

So, dann will ich mal loslegen. Ich möchte meine Geschichte erzählen; vielleicht um Einiges endlich zu verarbeiten, vielleicht finden sich Frauen in meiner Geschichte wieder. Wie auch immer habe ich heute, mit 60 Jahren, das Bedürfnis, mein Leben Revue passieren zu lassen. Ich lebe jetzt seit einigen Monaten in einem kleinen Ort an der Südküste Mallorcas und kann mich den Dingen widmen, die mir Spass machen, unter Anderem mal wieder ein Buch lesen, selbst ein Buch schreiben und Malen.

Ich bin übrigens seit meiner Scheidung 1984 Langzeitsingle. Es gab zwar immer mal kurze Intermezzi, aber nichts von Dauer. Nicht dass ich das bedauere, aber nach vielen Erlebnissen bin ich, glaube ich, beziehungsresistent.

Ich kann mein bisheriges Leben in zwei Lebensabschnitte aufteilen. Ich fange an mit den ersten 30 Jahre meines Lebens.

Meine Geschichte beginnt mit meiner Kindheit. In meinem 14. Lebensjahr geschah dann etwas, das mein ganzes späteres Leben geprägt hat, der frühe Tod meiner Mutter.

1.

Ich wurde im Februar 1955 geboren. Aus meinen ersten Lebensjahren ist natürlich nicht viel hängengeblieben. Ich weiß noch, die Lieblingsblumen meiner Mama waren Chrysanthemen. Besonders im Herbst, wenn sie in allen Farben leuchteten, schenkte Papa ihr mindestens einmal die Woche einen Strauss. Wir hatten nie viel Geld, aber uns ging es gut. Meine Eltern wohnten beide bis zu ihrem Tod in einer Kleinstadt im Sauerland. Es war für uns die Heimat, in der wir uns wohlfühlten.

Bis zu meinem 4. Lebensjahr wohnten wir in 2 1/2 Zimmern unterm Dach im Haus einer älteren Vermieterin, Frau Bödicker. Sie war eine freundliche Frau, die mir immer Kleinigkeiten, Schokolade oder Obst aus dem Garten, zusteckte. Das Haus lag in einer Siedlung am Hang und direkt hinter dem Grundstück von Frau Bödicker begann ein Waldgelände. Mama ging dort oft mit mir spazieren. An den Wochenenden kam auch Papa mit, wenn schönes Wetter war. Es gibt noch Fotos, auf denen ich bei meinen ersten Schritte auf einem Waldweg herumtapse.

Papa war damals einfacher Arbeiter in einer Maschinenfabrik. Er war ein sehr ruhiger Mann, der nicht viel redete. Und wie das zu der Zeit üblich war, verbrachten die Ehefrauen ihre Zeit damit, die Familie zu versorgen und Kinder gross zu ziehen. Mama war Hausfrau und Mutter, immer temperamentvoll und lebhaft. Sie führte ein strenges, aber liebes Regiment bei uns zu Hause. Meine Eltern liebten sich sehr.

Wir zogen dann um in eine größere Wohnung direkt an der Hauptstrasse unseres Ortes. Ich bekam das erste Mal ein eigenes Zimmer. Die Wohnung war in einem Hinterhof über eine alte Holztreppe zu erreichen. Es gab eine Wohn-/Essküche mit einem Kohleherd. Das war die einzige Wärmequelle. Samstags war Badetag. D.h., es wurde ein grosser Kessel Wasser auf dem Kohleherd aufgeheizt und dann mit kaltem Wasser in einer Zinkwanne vermischt. Die Zinkwanne stand immer im Schlafzimmer meiner Eltern und wurde dann Samstags in die Wohnküche geschleppt. Im Winter waren die Schlafräume eiskalt und das morgendliche Aufstehen fiel besonders schwer. Die Toilette war ein Plumpsklo im Hinterhof. Das war natürlich besonders in den kalten Jahreszeiten nicht angenehm.

Aber wenn man nichts anderes kennt, lebt man damit und kann trotzdem glücklich sein. Mir ging es gut, meine Eltern liebten mich. Zum ersten Weihnachtsfest in dieser Wohnung schenkten sich meine Eltern den ersten Schwarzweißfernseher in einem Schrank. Das war schon etwas Besonderes. Es gab zu der Zeit kaum Kinderprogramm, aber am Wochenende durfte ich mir schonmal was ansehen.

An den Wochenenden unternahmen meine Eltern immer etwas mit mir. Entweder machten wir Spiele wie zum Beispiel "Mensch ärgere dich nicht" oder "MauMau". An schönen Tagen machten wir Ausflüge in der näheren Umgebung oder gingen ins Schwimmbad.

Papa hatte gespart und konnte sich endlich ein eigenes Auto kaufen; eine Borgward Arabella. Den Führerschein hatte er schon lange vor meiner Geburt gemacht, konnte sich aber bisher kein Auto leisten. Jetzt machte auch Mama den Führerschein und beide hatten einen Riesenspass beim Autofahren.

Im Sommer fuhren wir an den Sorpesee zum Zelten. Papa hatte Urlaub und wir wollten 2 Wochen dort verbringen. Für mich war es ein richtiges Abenteuer. Ich war das erste Mal mehr als 3 Kilometer von zu Hause weg. Die Nächte verbrachten wir in einer Pension; Mama wollte nicht im Zelt schlafen. Das war natürlich bequemer. Nach dem Frühstück ging es dann runter zum See, wo wir dann auf einem Zeltplatz den Tag verbrachten. Der See war kühl und tat in der Sommerhitze richtig gut. Papa brachte mir in diesem Sommer das Schwimmen bei.

Ich hatte jetzt noch ein gutes halbes Jahr, bis Ostern, keine Pflichten. Dann fing auch für mich der "Ernst des Lebens" an: die Schule.

1961 wurde ich eingeschult. Ich freundete mich mit meiner Klassenkameradin Susanne, genannt Suse, an. Wir verbrachten viel Zeit miteinander. Suse wohnte 2 Häuser neben uns; so hatten wir auch den gleichen Schulweg. Sie war ein halber Junge, dünn und sportlich, aber nicht so gut in der Schule. Ich war das Gegenteil; nicht fett, aber moppelig und unsportlich. Ich hatte aber zum Ausgleich sehr gute Zensuren. So ergänzten wir uns. Ich half ihr bei den Hausaufgaben und in der Schule; sie beschützte mich, wenn ich von den anderen gehänselt wurde. Das ging sogar soweit, dass sie die Jungs verprügelte, wenn sie mich "kleine dicke Kuh" oder ähnliches nannten.

Die Ferien verbrachte ich zum größten Teil bei meinen Großeltern oder anderen Verwandten. Sie wohnten alle im Umkreis von maximal 10 km. Bei den Eltern meines Vaters war ich nicht so gerne. Sie waren schon ziemlich alt und das Essen mochte ich meistens nicht. Außerdem fand ich immer, dass es da nach "alten Leuten" roch. Ich mußte mich auch die meiste Zeit selbst beschäftigen. Aber ich traute mich nicht, meinen Eltern das so zu erzählen.

Im Gegensatz dazu war ich sehr gerne bei den Eltern meiner Mutter. Die waren noch nicht ganz "so alt" und was das Beste war, eine meiner Tanten (sie war erst 17) wohnte noch zu Hause. Mit ihr hatte ich immer viel Spass; wir hörten die aktuellsten Hits und ich konnte in ihrer "BRAVO" lesen. Außerdem hatte mein Opa Hühner und Tauben und es machte mir viel Spass, sie mit zu versorgen. Das Gelände um ihr Haus herum war der reinste Abenteuerspielplatz. Es gab das Taubenhaus, einen Hühnerstall und ein bäuerliches Gelände mit viel Dreck und wilder Wiese. Es wurde mir nie langweilig.

Meine Eltern hatten viele Geschwister; Mama sehcs und Papa sogar acht. Ich war immer mal woanders und hatte durch die Cousinen und Cousins Spielgefährten. So kam ich zwar nicht weit in der Welt herum, aber bei vielen Verwandten, was eine andere Art von Abwechselung ausmachte.

2.

Im Mai 1962 wurde meine Schwester Anne geboren. Es war toll, nicht immer nur mit Puppen, sondern einem echten Baby spielen zu können. Ich half Mama gerne und auch Suse war oft dabei. Die Freundschaft hielt während der ersten drei Grundschuljahre. Dann zogen wir wieder um.

Mama spielte regelmäßig Lotto und zog irgendwann das Große Los: 6 Richtige! Mit dem Geld bauten meine Eltern zwei Häuser. Für uns einen wunderschönen Bungalow mit 7 Zimmern, großen Fluren, einem Badezimmer und einem Gäste-WC. Das bedeutete Duschen und Baden, wann immer wir wollten; und aus den Wasserhähnen kam kaltes **und** heisses Wasser. Außerdem bekamen wir zum ersten Mal ein Telefon. Luxus pur! Dazu gehörte ein riesengroßer Garten mit Swimmingpool.

Für die Eltern und 2 Geschwister von Mama wurde ein Zweifamilienhaus gebaut, das sie dann sehr günstig anmieten konnten. Leider ging das nur drei Jahre gut. Wie oft innerhalb so großer Familien gab es Streit und Zwietracht, sobald Geld im Spiel ist. Mama zerstritt sich mit ihren Eltern und Geschwistern und verkaufte das Haus. Danach gab es zu dieser Seite keinen Kontakt mehr.

Aber erstmal zogen wir im März 1964 in das Haus, gerade rechtzeitig zu meiner Erstkommunion. Jetzt hatten wir natürlich Platz für unsere grosse Verwandtschaft. Das waren von Papas Seite meine Grosseltern, sieben Tanten und sieben Onkels mit deren Kindern. Ein Bruder von Papa lebte in Hamburg. Es bestand nur Briefkontakt und er kam nicht mit seiner Familie. Von Mamas Seite kamen die Uroma, Grosseltern, vier Tanten und drei Onkels dazu. Mama hatte einen Bruder, der nach Kanada ausgewandert war. Also fehlte auch von der Seite jemand.

Die Feier war gleichzeitig die Einweihung für unser Haus. Es war so toll!

Die Schule mußte ich allerdings auch wechseln. Das war nicht so schön. Der Weg war viel weiter, ca. 1/2 Stunde Fußweg (vorher 10 Minuten) und ich kannte dort niemanden. Dann lernte ich aus dem Nachbarhaus meine spätere beste Freundin Alexa kennen. Wir gingen gemeinsam zur Schule und waren auch sonst fast jeden Tag zusammen.

3.

Im Oktober 1964 kam meine Schwester Petra zur Welt. Petra war blond und es wurde scherzhaft gemunkelt, dass sie wohl "vom Briefräger" sei. Der Rest unserer Familie hatte dunkelbraune Haare. Auch sonst war Petra anders als Anne und ich. Dünn, laut und später ziemlich frech jedem gegenüber, der ihr quer kam. War sie "vertauscht" worden? Manchmal konnte man das meinen.

Papa hatte inzwischen gekündigt und arbeitete als Versicherungsvertreter. Das war aber nur vorübergehend; parallel ließ er sich zum Radio- und Fernsehtechniker ausbilden. Das war schon immer sein Hobby, das er jetzt zum Beruf machen konnte. Er arbeitete nach der Ausbildung bei einer großen Herstellerfirma von Fernsehgeräten.

Nach dem 4. Grundschuljahr im Frühjahr 1965 gingen Alexa und ich auf die Realschule bis zur Mittleren Reife. In den kommenden 6 Jahren wurden die Schuljahre so verlegt, dass Beginn eines Schuljahres nach den Sommerferien war. Um das zu erreichen, wurden 2 Kurzschuljahre durchgeführt; das Erste von Ostern bis Weihnachten, das

Zweite dann von Neujahr bis zu den Sommerferien. Ich war eine gute Schülerin und hatte mit dem Mehr an Lehrstoff keine Probleme.

In den Herbstferien 1967 flog ich zum ersten Mal mit einem Flugzeug. Papa wollte die Vorstellung des ersten Farbfernsehgerätes bei der IFA (Internationale Funkausstellung) in Berlin miterleben. Ich flog also mit Mama und Papa nach Berlin. Meine beiden Schwestern blieben bei einer Tante von uns. Ich hatte die zwei ganz für mich alleine und das war wunderschön. Wir bummelten durch Berlin. Am Checkpoint Charlie hatte ich zum ersten Mal einen Eindruck von der geteilten Stadt Berlin. Die Mauer machte mir eine Gänsehaut. Hier konnte man richtig fühlen, was es bedeutete, nicht zusammen kommen und sich nicht sehen zu dürfen. Die Ereignisse rund um den Mauerbau 1961 hatte ich einfach im Alter von 6 Jahren noch nicht wahrgenommen. Ein weiteres Highlight war noch unser Kinobesuch. Wir gingen in "Dr. Schiwago". Mama und ich heulten Rotz und Wasser. Diese Erinnerung ist bis heute geblieben, wenn ich den Film (ich weiß inzwischen nicht, wie oft) wieder im Fernsehen schaue.

4.

Alles war gut! Im Juni 1968 wurde meine Schwester Karin geboren. Übrigens eine ganz Liebe mit dunkelbraunen Haaren! Jetzt waren wir ein <u>FÜNF-MÄDEL-HAUS!</u> Papa wartete immer auf einen Sohn. Das klappte aber nicht.

Ich war jetzt ein Teenager und gefiel mir gar nicht mehr mit meinem dicken Bauch, den fetten Oberschenkeln. Ich hatte lange dunkelbraune Haare, dunkelbraune Augen und doch ein ganz hübsches Gesicht. Mama hatte totales Verständnis für mich und half mir bei meiner Fastenkur. Teilweise bestand meine Mahlzeit aus trockenem Zwieback und einer Zitrone. Aber ich schaffte es! Ich wog mit meinen 1,60 m nicht mehr 65, sondern 55 Kilo und passte in Kleidergröße 36. Jetzt konnte ich auch enge Hosen und Miniröcke anziehen. Ich war total stolz auf mich.

Mein grosser Schwarm war Barry Ryan, der mit seinen Hit "Eloise" einen Riesenerfolg hatte. Mein Zimmer war voll von Postern von ihm und bei dem Lied kriegte ich immer eine Gänsehaut. Ich hörte auch die sonst angesagten Gruppen wie Beatles, Beach Boys, Bee Gees, Credence Clearwater Revival und und und...

Bis Weihnachten im Jahr darauf waren wir eine ganz normale, glückliche Familie.

5.

Es war Heiligabend am 24. Dezember 1969. Wir Kinder erlebten jedes Jahr eine wunderbare Bescherung, die unsere Mama mit viel Liebe vorbereitete. Wir, also meine Schwestern Anne, jetzt 7 Jahre, Petra, 5 , Karin, 1 1/2 und ich, 14. Meine Schwestern glaubten noch an das Christkind; aber auch für mich war Heiligabend immer noch der schönste Tag im Jahr. Ich konnte mich daran erfreuen, wenn meine Schwestern ganz aufgeregt waren und mit grossen Augen darauf warteten, dass das Glöckchen klingelte, sich die Tür öffnete und sie den leuchtend glänzenden Weihnachtsbaum bewundern konnten. Erst wurde ein Weihnachtslied gesungen, dann durften wir unsere Geschenke auspacken.

So auch an diesem Abend. Er verlief nur nicht weiter so wie sonst. Mama ging es schon den ganzen Tag nicht so gut. Sie hatte ihn, was selten vorkam, im Bett verbracht. Zur Bescherung hatte sie sich aber für uns aufgerafft und sich später im Wohnzimmer auf die Couch gelegt. Wir spielten mit unseren Geschenken; ich hatte einen Plattenspieler und meine ersten Schallplatten bekommen, darunter die Beatles mit "eight days a week". Sie klingt mir heute noch genauso im Ohr wie das Lied, das die Sprechpuppe, die meine Schwester Anne bekommen hatte, sang.

Später ging es Mama schlechter und unser Papa musste den Arzt rufen. Der machte ein sehr ernstes Gesicht und sagte, dass unsere Mama ins Krankenhaus muss. Papa fuhr mit ins Krankenhaus und ich bekam die Aufgabe, mich um meine Schwestern zu kümmern und sie ins Bett zu bringen. Papa würde so schnell wie möglich wieder kommen, schließlich war Weihnachten.

Allerdings kam später nicht Papa nach Hause, sondern mein Lieblingsonkel, Onkel Willi mit meiner Patentante, Tante Christel. Sie machten sehr ernste Gesichter und sagten mir, dass Papa noch länger im Krankenhaus bleiben müßte, weil es Mama so schlecht ginge. Sie schickten mich dann ins Bett, damit ich mich ausschlief und morgens wieder fit war, um mich mit um meine Schwestern zu kümmern.

Als ich morgens wach wurde, saß Papa mit Onkel Willi und Tante Christel im Wohnzimmer am Esstisch. Alle drei hatten völlig verweinte Augen. Papa winkte mich zu sich und nahm mich in den Arm. "Mama ist gestorben." war das Einzige, was er sagte. Ich verstand ihn nicht, konnte ihm das nicht glauben, konnte es nicht begreifen. Onkel Willi nickte mir zu und sagte: "Wir bleiben erstmal hier und helfen euch. Du musst jetzt stark sein und deinem Papa helfen mit deinen Schwestern."

Ich weiß nicht, wie ich die nächsten Tage überstanden habe, geschweige denn, was ich gemacht habe. Stumpfsinnig wurde gegessen und geschlafen, mit den Kleinen gespielt, die nicht verstanden, warum wir traurig waren und immer noch darauf warteten, dass Mama nach Hause kam.

Die Beerdigung war Silvester. Vorher hatte ich Mama ein letztes Mal im offenen Sarg gesehen. Es war das erste Mal, dass ich überhaupt einen toten Menschen sah; und dann noch die liebste Person, die man im Leben hat. Das werde ich niemals vergessen. Zur Beerdigung waren alle Verwandten da, auch von Mamas Seite. Außerdem war meine ganze Schulklasse mit Klassenlehrerin da. Nur Tante Christel war mit meinen drei Schwestern zu Hause geblieben. Die Grabstätte war bedeckt mit vielen Kränzen, Sträußen und Gestecken mit Chrysanthemen in allen Farben. Der Kranz von Papa bestand aus weißen Chrysanthemen und (wie es mir vorkam) 1000 dunkelroter Rosen. Ich war so froh, als dieser Tag vorbei war und ich mich zu Hause in meinem Zimmer verkriechen konnte. In den nächsten Tagen sagte dann Papa irgendwann zu Anne, dass Mama nicht wieder kommt. Anne bekam einen fürchterlichen Schreikrampf und weinte in den nächsten Tagen viel.

6.

Dann kam der Alltag!!
Wir hatten ein schönes grosses Haus mit einem ziemlich grossen Grundstück. Das bedeutete natürlich auch viel Arbeit. Zur Unterstützung im Haushalt und bei uns Kindern zog erstmal Tante Christel zu uns. An den Wochenenden kam dann Onkel Willi dazu. Papa mußte nach den Weihnachtsferien wieder arbeiten. Ich stand 1/2 Jahr vor der Mittleren Reife und mußte dementsprechend viel für die Schule tun.
In dieser Zeit war mir meine Freundin Alexa einschließlich ihrer Eltern eine große Hilfe. Alexa war adoptiert, weil ihre Eltern keine eigenen Kinder bekommen konnten. Dementsprechend wurde sie verwöhnt und bekam, was sie wollte. Sie hatten Kinder gern und so konnte ich auch mal eine meiner Schwester mit dorthin nehmen. Alexas Mutter kümmerte sich dann um sie und ich konnte mit Alexa in Ruhe für die Schule arbeiten.
Meine siebenjährige Schwester Anne war in der zweiten Klasse, die zwei anderen waren zu Hause. Natürlich mußte ich im Haushalt mehr anpacken als bisher; das machte mir aber auch nichts aus. Schließlich war Mama nicht mehr da und die hatte immer Haushalt und Papa "voll im Griff" gehabt. Papa verbrachte, wie auch schon früher, nicht viel Zeit mit uns. Er verkroch sich oft in seinem Hob-

bykeller. Aber so war er nunmal und wir waren es ja nicht anders gewohnt. Nur eben, dass Mama auch nicht für uns da war!!

In den Folgemonaten wechselten sich die Geschwister von Papa (mit Mamas Geschwistern hatten wir nach der Beerdigung keinen weiteren Kontakt mehr) mit Versorgung von Haus und Familie ab. Das hieß, dass wir uns laufend auf andere Personen einstellen mußten und das ging nicht ohne Stress ab. Jeder hatte natürlich eine andere Auffassung, wie mit uns umzugehen wäre. Das hat keinem von uns gut getan.

Dann ging es darum, was mache ich nach der Mittleren Reife? Da ich eine sehr gute Schülerin war, hatten mich meine Lehrer darin bestärkt, das Abitur zu machen. Es war in diesem Jahr übrigens das erste Mal in unserem streng katholischen Örtchen, dass ein reines Jungengymnasium zur weiterführenden Schule wurde und die ersten Mädchen aufnahm.

Ich wollte das und mein Klassenlehrer sprach mit Papa. Der nahm mich daraufhin zur Seite und meinte: "Du weißt, wie schwer es für uns alle ist, Mama zu ersetzen. Und eure Tanten können auch nicht ewig wegen uns auf ihr eigenes Privatleben verzichten."

"Aber dann mußt du eine Haushaltshilfe einstellen. Außerdem kümmerst du dich doch am wenigsten um uns. Du vergräbst dich nach der

Arbeit in deinem Hobbykeller und bist für keinen zu sprechen. Glaubst du, dabei fühlen wir uns wohl?"

"Das ist meine Sache und geht dich nichts an. Ich dachte, du würdest mich unterstützen."

"Wie denn? Soll ich nicht weiter zur Schule gehen und hier für dich den Haushalt schmeissen? Das kannst du knicken. Dann bin ich weg."

"Danke für deine Hilfe. Dann muß ich uns eben um eine Haushaltshilfe ins Haus holen. Aber ich erwarte von dir, dass du dich nach der Schule auch um deine Schwestern kümmerst."

So sollte also meine Zukunft aussehen? Ich revoltierte, wo ich konnte. Ich versteckte mich hinter meinen Hausaufgaben und schob irgendwelche Termine vor. Aber letztendlich war Papa, auch auf Drängen meines Klassenlehrers, damit einverstanden, dass ich mein Abitur machen würde.

7.

Im Sommer 1970 war es richtig heiß. Ich hatte meine Mittlere Reife in der Tasche und konnte die Sommerferien mit Alexa geniessen. In diesem Jahr, waren wir, wie auch in den Jahren, als Mama noch lebte, nie großartig in Urlaub gefahren.

Jetzt verbrachte ich meistens die Tage im Freibad. Auf der sogenannten "Liebeswiese" traf sich die ganze Clique, immer so zwischen 8 und 15 Leute. Die meisten waren älter als ich, so zwischen 17 und 21. -Mit Gleichaltigen konnt ich weniger anfangen-. Einer hatte immer ein Kofferradio oder einen Kassettenrekorder dabei. Wir hatten jede Menge Spaß. Dabei ging auch mal die eine oder andere Hasch-Zigarette rum.

Komischerweise hatte ich irgendwie Angst, Drogen auszuprobieren. So blieb es für mich bei einer ganz normalen Zigarette und vielleicht mal ein Schluck Bier. Natürlich brachte das ganze Drumherum auch mit, dass man sich verliebte, mal mehr mal weniger glücklich. Zu unserer Clique gehörten zwei Jungs, die sahen mit ihren pechschwarzen Haaren toll aus. Einer blauäugig und Frisur wie Rex Gildo, der andere hatte braune Augen und sah aus wie Roy Black.(Heute muß man wahrscheinlich googeln, wer das war!) Die Beiden waren dementsprechend umschwärmt und knutschten sich so durch die Reihen, ohne feste Beziehung. Aber das war egal. Wir liebten unsere Freiheit und nutzten sie so weit wie möglich aus.

Gott sei Dank mußte ich mich auch nur manchmal um meine Schwester Anne kümmern und sie mitnehmen. Sie saß dann eben mit dazwischen und fand das auch toll. Ab und zu gingen wir natürlich auch ins Wasser, aber das war nebensächlich. Zu Hause durfte Anne aber nichts von ihren "Erlebnissen" erzählen. Und sie hielt dicht. Dafür fand sie das alles viel zu spannend und wollte nichts verpassen.

Ich hatte mich irgendwann total in Gunnar verknallt, aber auch der wollte keine feste Freundin. Immerhin hatten auch wir unseren "Spaß" zusammen, wenn mir auch nicht gefiel, dass ich nicht die Einzige war. So what!

Herbst und Winter waren relativ ereignislos. Ich ging zur Schule, hatte nachmittags viele Hausaufgaben zu machen und half gezwungenermaßen im Haushalt mit. Der erste Todestag von Mama kam leider genau wie Weihnachten. So ein trauriges Weihnachtsfest hatte ich noch nie erlebt. Aber so war es nunmal.

8.

Ab dem Frühjahr 1971 wurde alles anders. Ich lernte Manfred, genannt Mani, kennen.

Ich wurde 16 und durfte in unserem Partykeller feiern. Zur Fete hatte ich die Clique vom letzten Sommer eingeladen. Gunnar und Tito brachten ihren Freund Mani mit. Er war 19 und sah gut aus: groß, blond, blaue Augen, muskulös und durchtrainiert. Wir verstanden uns an diesem Abend gut und hatten jede Menge Gesprächsthemen. Im Laufe des Abends bot er mir an, ihn mit seinem Freund Tito in dem Friseursalon zu besuchen, in dem er die Lehre machte. Es war ein reiner Herrensalon und lag direkt an der Hauptstrasse in unserem kleinen Städtchen. Mir war schon etwas komisch, da hineinzugehen. Aber nach ein paar Tagen traf ich mich dann nach der Schule mit Tito und ging hin. Er kam uns sofort entgegen und freute sich offensichtlich, mich zu sehen.

"Toll, dass du gekommen bist. Ich habe die letzten Tage viel an dich gedacht und gehofft, dass du vorbei kommst."

"Ich hab mich nicht getraut, aber Tito hat gesagt, dein Chef ist cool und hat nichts dagegen, wenn jemand vorbeikommt. Aber ich will dich nicht von der Arbeit abhalten."

"Ich habe jetzt sowieso Mittagspause. Lasst uns doch was trinken gehen."

Wir gingen in ein benachbartes Café. Ich hatte ein irres Kribbeln im Bauch - wie noch nie! Wir redeten über alles Mögliche und als er dann seine Hand auf meine legte, fing mein Herz an, wie verrückt zu klopfen.

"Hast du am Wochenende Zeit? Ich würde mich gerne mit dir treffen. Ich kann dich abholen und wir machen uns einen schönen Nachmittag."

Mani hatte schon ein Auto, einen aufgemotzten NSU Prinz, zu der Zeit total in.

"Ich muss erst meinen Vater fragen. Gibst du mir deine Telefonnummer? Dann rufe ich dich an."

Er gab mir die Nummer vom Salon und beim Abschied küsste er mich. Ich hätte mich am liebsten sofort in seine Arme geworfen, aber das ging wohl ein bisschen weit.

Ich hoffte natürlich inständig, dass mir Papa diese Verabredung erlaubte. Ich versprach ihm, mich noch mehr um meine Schwestern zu kümmern, mich aber doch bitte, bitte am Sonntagnachmittag gehen zu lassen. Ich schaffte es. Allerdings war es auch später immer wieder ein Akt, wenn ich mich mit Mani treffen wollte, besonders abends.

9.

Aber erstmal freute ich mich wie irre auf den Sonntag. Mani kam vorgefahren und versprach Papa, mich pünktlich wieder abzuliefern. Noch nie verging ein Nachmittag so schnell! Wir fuhren aufs Land und gingen dort spazieren. Das Wetter war schön, die Sonne schien. Es wurde langsam warm und man konnte schon auf einer Bank sitzen. Wir haben geredet, uns geküsst, geschmust. Ich fühlte mich so erwachsen.

Irgendwann erzählte er mir von seinen Eltern und seinem Bruder. Sein Vater hatte eine eigene Firma mit ungefähr 250 Mitarbeitern. Sein Bruder Armin studierte in Saarbrücken und hatte dort auch eine feste Freundin. Manis Verhältnis zu seinen Eltern war nicht besonders gut. Er sollte auch studieren und in die Firma seines Vaters eintreten; aber das war nicht sein Ding. Er liebte seinen Beruf und wollte nach der Gesellenprüfung den Meister machen und dann einen eigenen Laden eröffnen.

Warum er mich lange nicht mit zu sich nach Hause nahm, verstand ich erst später.

10.

Der Sommer kam und wir verbrachten immer mehr Zeit miteinander. Zu Hause ging alles einigermaßen in geordneten Bahnen. Meine jüngste Schwester, jetzt 3 Jahre, war vollständig zu Tante Christel und Onkel Willi gezogen. Die Beiden hatten keine eigenen Kinder und sind auch später mehr ihre Eltern bzw. Familie geblieben als wir.

Wir hatten eine Haushaltshilfe, die ich soviel wie möglich unterstützte. Das war der Deal, um im Gegenzug mehr Freiheiten zu bekommen.

Die Eltern von Mani gingen Sonntagsmittags zum Essen oft in Restaurants. Jetzt wurde ich öfter zu diesen Essen eingeladen. Das war für mich sehr aufregend, da wir von zu Hause aus eigentlich nie in Restaurants gingen. Ich war unsicher, ob ich mich korrekt benehme und auch alles richtig mache. Aber Mani war so locker drauf und machte auch beim Essen Scherze, so dass es mir leichter fiel. Einen Teil meiner Hemmungen gegenüber seinen Eltern wurde ich aber nie ganz los. Das lag wohl auch daran, dass sie in meinen Augen auch schon ziemlich alt waren; fast 60, und das sah man ihnen auch an! Seinem Vater wurde im Krieg ein Bein amputiert und er trug eine Prothese. Deshalb fuhr er als Auto einen RO 80 (Ich kenne vor ihm und nach ihm niemanden, der dieses Auto fährt), weil er dort im Fußraum mehr Platz hatte, wie er mir erklärte.

11.

An einem Samstagnachmittag rief mich seine Mutter ganz aufgeregt an. "Ich weiss, dass Mani dich abholen wollte. Aber er hatte einen Unfall und liegt im Krankenhaus."
"Was ist passiert? Wie geht es ihm? Ist er schwer verletzt?"
"Er hat nochmal Glück gehabt. Nur eine Gehirnerschütterung und ein paar Prellungen. Das ist ein Wunder, so wie das Auto aussieht!"
Er war mit seinem NSU mit überhöhter Geschwindigkeit vor einen Baum gefahren. Das Auto war Schrott.
Ich besuchte ihn dann im Krankenhaus, das er allerdings nach einem Tag auf eigenen Wunsch wieder verließ. Das war gar nichts für ihn.

"Ich muss hier raus. Das ist nicht zum Aushalten. Ich kann auch zu Hause liegen. Die Ärzte machen ja doch nichts weiter." Also ging es nach Hause.

Nicht lange Zeit später hatte er dann auch wieder ein neues Auto, einen Zweisitzer, Fiat Spider.

Zu der Zeit gab es das "Tiffany", eine Disco, die Samstags und Sonntags schon um 18.00 Uhr öffnete. Ich durfte jetzt Samstags schon bis 22.00 Uhr weg bleiben. So hatte ich mit Mani und der Clique eine tolle Zeit.

12.

Irgendwann wollte Mani dann auch mit mir schlafen. Er hatte mir selbst erzählt, dass er schon einige Erfahrung hatte. Ich hatte nichts Besseres zu tun, als ihm zu sagen, ich hätte auch schon zweimal Sex gehabt. (Wie blöd kann man sein! Das sollte ich noch bitter bereuen!)

Mani wollte dann wissen, mit wem ich geschlafen hatte. Ich sagte dann, das wäre schon länger her und er würde ihn nicht kennen. Als wir dann zusammen waren, hat er sich natürlich gewundert, warum es bei uns so gar nicht klappte und war irgendwann auch richtig sauer. Da wurde er das erste Mal mir gegenüber laut und aggressiv.

Als wir wieder Mal am Wochenende unterwegs waren, fuhr Mani in ein Waldstück. Er ließ sich ganz viel Zeit und dann passierte es doch und wir waren beide total happy. Wir hatten in der Folgezeit viel Spass am Sex und konnten beide nicht genug bekommen. Wir nutzten jede Gelegenheit; im Auto, auf Wiesen, im Wald, an seinem Arbeitsplatz (natürlich wenn wir allein waren!), und wo man sonst so allein zu zweit sein kann.

13.

Im folgenden Winter sahen wir uns dann nicht so oft. Ich mußte unbedingt mehr für die Schule tun und irgendwie hatte Mani auch weniger Zeit.

Als ich dann einmal bei seinen Eltern anrief, weil er sich länger nicht gemeldet hatte, sagte mir seine Mutter, dass er nicht mehr zu Hause wohnen würde.

"Mani hatte eine dicke Auseinandersetzung mit seinem Vater. Er kommt immer erst so spät nachts nach Hause. Das geht doch nicht. Er muss seine Lehre ordentlich beenden und dafür muss man morgens ausgeschlafen sein."

"Ja aber wo ist er denn dann?"

" Ich weiss nicht, wo er im Moment schläft. Frag doch mal im Salon nach. Mit uns redet er nicht."

Am nächsten Tag ging ich nach der Schule in den Salon. Er war da.

"Mein Vater kann mich mal. Ich bin alt genug. Ich lasse mir von dem keine Vorschriften machen, wie ich zu leben habe." Mani war richtig wütend.

"Ich schlafe im "Hotel Mühle". Und wenn meine Eltern sich nicht wieder einkriegen, nehme ich mir eine eigene Wohnung. Die werden schon sehen."

"Wann sehen wir uns denn wieder?"

"Ich habe im Moment genug Stress. Ich melde mich bei dir."

Das tat er aber nicht. Also stand ich an einem Morgen eine Stunde früher auf und war um 7.00 Uhr im Hotel. Ich fragte nach der Zimmernummer, die man mir auch gab, und ging in den 1. Stock. Vor der Tür klopfte ich. Drinnen war es still. Nach mehreren Versuchen öffnete sich die Tür einen Spalt und Mani steckte den Kopf heraus.

"Was willst du denn hier? Ich habe noch geschlafen."

"Wenn du dich nicht meldest, muss ich eben zu dir kommen. Was ist los? Habe ich dir was getan?"

"Nein, aber ich habe im Moment andere Sorgen. Geh jetzt. Ich rufe dich heute nachmittag zu Hause an."

"Lass mich doch rein. Ich habe noch Zeit. Wir könnten doch..."

"Hau ab und lass mich in Ruhe!" Jetzt wurde er laut.

Im Hintergrund hörte ich ein Rascheln. Ich stieß die Tür auf und sah, dass im Bett ein langhaariges Etwas lag.

"Was soll das? Wer ist das? Warum machst du das? Du bist doch mit mir zusammen!"

"Ich bin dir keine Rechenschaft schuldig. Wenn du nicht hier aufgekreuzt wärest, hättest du nie was mitgekriegt. Geh jetzt. Ich will mich anziehen. Wir treffen uns dann später."

Ich war wie vor den Kopf geschlagen. Wa macht der mit mir? In der Schule einen klaren Gedanken zu fassen, geschweige denn, sich auf den Unterricht zu konzentrieren, war nach diesem Erlebnis unmöglich.

Nachmittags rief er an.

"Wann kann ich dich sehen? Ich muss unbedingt mit dir sprechen. Es tut mir leid."

Ich war verliebt. Was sollte ich sagen?

"Kann ich morgen früh zu dir kommen? Ich habe die ersten zwei Stunden frei."

"Klar. Dann komm so um 8.00 Uhr. Dann können wir reden."

Gesagt, getan. Ich stand am nächsten Morgen um 8.00 Uhr vor seinem Hotelzimmer. Er ließ mich sofort herein, nahm mich in den Arm und sagte, dass es ihm schrecklich leid täte.

"Ich war so frustriert wegen meiner Eltern. Ich war vorgestern in einer Kneipe und habe mich betrunken. Das Mädchen hat mich tierisch angemacht und ich habe sie dann mit auf mein Zimmer genommen. Aber ich will nichts von der und werde sie auch nicht wiedersehen. Ich will doch nur dich."

Wie gerne wollte ich das glauben. Ich verzieh ihm und wir landeten fünf Minuten später in seinem Bett.

14.

In der nächsten Zeit waren wir wieder ein Herz und eine Seele. Er vertrug sich mit seinen Eltern und zog wieder zu Hause ein. Ich war jetzt auch öfter dort und durfte sogar bei ihm übernachten. Ich war ja auch schon 17.

In dieser Zeit geschah etwas, womit ich absolut nicht umgehen konnte. Mani lebte mit seinen Eltern in einer alten Villa, direkt gegenüber vom Werk seines Vaters. In den Osterferien konnte ich dort arbeiten und mein Taschengeld aufbessern. In dem Werk produzierten sie Elektrogeräte, von der Stahlverarbeitung über Schleiferei, Lackiererei, Montage, Packerei und Versand. Die Arbeit machte mir Spass. Mittags traf ich mich in der Pause mit Mani bei seinen Eltern gegenüber und aß dort zu Mittag. Seine Mutter kam mir manchmal etwas merkwürdig vor, so durcheinander und zerfahren. Mani und sein Vater versuchten, das zu überspielen. Als sie dann mal richtig torkelte und lallend unzusammenhängendes Zeug redete, brachte mich Mani hinaus. Er erzählte mir, dass seine Mutter alkoholkrank sei, ich das aber unbedingt für mich behalten müsse. Sie wäre auch schon zu einer Entziehungskur angemeldet und er hoffte, dass sie dann wieder gesund würde. Da wurden wir allerdings beide noch eines Besseren belehrt.

15.

Nach den Osterferien ging es dann in der Schule weiter. Auch Mani hatte viel Arbeit; er stand vor der Gesellenprüfung und mußte für Praxis und Theorie büffeln. Freizeit war kleingeschrieben. In den Fächern Latein und Mathe stand ich schlecht. Meine Versetzung war gefährdet. Ich war dann zur Nachprüfung zugelassen, die ich in den Sommerferien ablegen sollte.

Noch vor der Nachprüfung ging ich zu meiner Gynäkologin, weil meine Regel ausgeblieben war. Ich war schwanger!

Was jetzt?

Mani hatte inzwischen bei der Prüfung mit Erfolg abgeschnitten. Ich mußte nun mit ihm reden. Wir trafen uns in der Stadt. Natürlich brach er nicht gerade in Freude aus, aber er blieb ganz ruhig und wollte mit mir besprechen, wie es jetzt weiter geht. Es stand für ihn sofort fest, dass wir heiraten. Erstmal war ich einfach nur froh, dass er mir nicht böse war.

Dann kamen die schwierigen Gespräche mit unseren Eltern. Was würden sie sagen? Wie sollte es weitergehen?

Papa war erstmal sprachlos. Er schimpfte dann auch nicht , sondern fragte ziemlich hilflos:

"Und jetzt? Was ist mit der Schule? Wolltest du nicht studieren? Mir wolltest du nicht helfen, aber jetzt eine eigene Familie gründen. Das geht doch nicht gut. Du mußt doch erst erwachsen werden."

"Ach Papa. Ich habe das doch auch so nicht gewollt, aber nun ist es passiert und ich möchte das Kind bekommen. Ich freue mich schon darauf. Das Thema Schule ist damit wohl erledigt. Ich kann beim Vater von Mani arbeiten und mit dem Geld, das Mani jetzt als Geselle verdient, können wir gut leben."

"Aber wo wollt Ihr wohnen? Und das mit der Schule kannst du doch nicht so einfach abschreiben. Denk an deine Zukunft. Ohne Ausbildung als Hilfsarbeiterin und ein Kind. Das hatte ich mir allerdings ganz anders vorgestellt."

"Wir können bei seinen Eltern im Haus wohnen. Wir hätten da eine eigene abgeschlossene Wohnung im zweiten Stock. Das wird schon. Und eine Ausbildung kann ich bestimmt später noch machen. Ich bin doch noch jung."

Mani hatte sich im Haus seiner Eltern schon vor einiger Zeit sein eigenes Reich eingerichtet. Es war alles da; Wohn- und Schlafzimmer, Bad und Küche, und ein Raum, den wir als Kinderzimmer einrichten konnten.

Papa seufzte tief.

"Dann müssen wir uns wohl mal alle zusammensetzen."

16.

Wir machten dann gemeinsam Pläne. Papa meldete mich von der Schule ab und ich fing in Vollzeitschicht im Betrieb meines zukünftigen Schwiegervaters an. Im Oktober zog ich ganz zu Mani und wir gewöhnten uns an das Zusammenleben als Paar. Ich machte meine Vorsorgeuntersuchungen; Mani interessierte das allerdings nicht besonders. Ich warf ihm das vor, aber das endete nur im Streit; dann ließ ich ihn lieber in Ruhe.

Wir liebten uns zwar und konnten auch oft nicht genug voneinander bekommen; aber es gab eben auch die andere Seite. Seinen Eltern ging ich so viel wie möglich aus dem Weg; ich wurde einfach nicht warm mit ihnen. Außerdem wußte ich nie, ob meine zukünftige Schwiegermutter, Maria, (wie mein zukünftiger Schwiegervater, übrigens Franz), wieder betrunken und dann besonders "anhänglich" war. Papa gegenüber habe ich das nie erwähnt.

Mani hatte wenig Zeit für mich. Erst die Arbeit bin 18.00 Uhr im Salon, dann kam er zum Essen und danach traf er sich öfter mit seinen Freunden. Um noch etwas dazu zu verdienen, arbeitete er ab November an den Wochenenden als DJ in einer etwas entfernteren Disco. Ich konnte natürlich nicht mit, da ich weder Führerschein noch Auto hatte und so die ganze Nacht mit hätte da bleiben müssen. Das sah ich natürlich ein. Außerdem war ja alles für uns.

17.

Am 01. Dezember 1972 heirateten wir.
Zwei Tage vorher war Polterabend. Wir hatten die Gaststätte von Ivo reserviert. Hier wollten wir mit unseren Familien, allen unseren Freunden und Bekannten feiern. Das waren knapp 80 Leute. Die Feier war lustig und ausgelassen. Der DJ machte gute Musik, Essen war gut, Trinken reichlich. Ich war jetzt im 5. Monat und hielt mich dementsprechend beim Feiern zurück. Allerdings nimmt man dann die nach und nach immer betrunkeneren Menschen anders wahr. Ich ekelte mich teilweise ziemlich und mußte öfter an die frische Luft.
Ich wollte dann irgendwann nach Hause, aber nicht mein lieber Mani, der auch ziemlich betrunken war! Papa war mit meinen Schwestern schon weg; die ersten Freunde waren auch schon aufgebrochen, so dass mir auch niemand übel nahm,

dass ich nach Hause wollte. Ich suchte Mani und fand ihn .... auf der Damentoilette mit meiner besten Freundin Alexa..... in eindeutiger Situation. Mani betrog mich an unserem Polterabend!!

"Was soll das? Bist du denn bescheuert? Wie kannst du mir das antun? Du bis das Allerletzte! Hau bloß ab!"

Ich war fix und fertig und schrie ihn nur noch an. Aber tat es ihm leid? Nein! Ganz im Gegenteil. Er schrie zurück.

"Was willst du hier? Du wolltest doch sowieso gehen. Du bist den ganzen Abend schlecht gelaunt. Also lass mir doch wenigstens meinen Spaß!"

Spätestens da hätte ich ihn in die Wüste schicken sollen!

Nachdem wir uns beide beruhigt hatten, fuhren wir zusammen nach Hause. Aber ich war so verletzt, dass ich wieder anfing, ihm Vorwürfe zu machen. Er rastete völlig aus und schlug mir ins Gesicht.

"Halt doch endlich deine Klappe! Es ist passiert. Ich kann es nicht mehr ändern! Also lass mich in Ruhe!"

Ich war wie (wörtlich) vor den Kopf geschlagen. Ich konnte nichts mehr sagen. Ich drehte mich um und ging weinend ins Bett. Zehn Minuten später kam Mani zu mir. Auch er weinte und entschuldigte sich tausendmal. Er wüßte selbst nicht, was mit ihm los gewesen wäre und er würde mich wirklich, und nur mich, lieben. Was soll's? Wir nahmen uns in den Arm und fielen kurze Zeit später übereinander her. Der Sex war so toll! -- Und alles war vergessen!

18.

Die Hochzeit fand dann zwei Tage später im kleinen Rahmen, nur mit der Familie, statt. Wir heirateten morgens standesamtlich und danach kirchlich in einer kleinen Klosterkapelle auf dem Land. Ich trug ein weißes Brautkleid mit Schleier, Mani einen schwarzem Anzug. Es war, wie man sich eine romantische Hochzeit vorstellt. In meinem Bauch kribbelte es, ich hatte ein Kratzen im Hals; meine Schwiegermutter und sogar mein Papa hatten Tränen in den Augen. Draußen vor der Kirche nahm Papa mich seit einer Ewigkeit mal wieder in den Arm.

"Ich wünsche euch Beiden alles Gute. Und ich hoffe, dass du glücklich wirst."

"Danke Papa. Aber ich bin schon glücklich!" Und an dem Tag stimmte das auch.

Wir waren nach der krichlichen Trauung alle noch in einem Restaurant unweit des Klosters zum Mittagessen. Es war eine kleine schöne Feier ohne Tamtam und abends waren wir wieder zu Hause.

Am nächsten Tag fuhr ich mit Mani für eine Woche nach Winterberg. Manis Eltern hatten uns diese Flitterwoche geschenkt. Es war ja Dezember und dort lag jede Menge Schnee. Wir verlebten eine wunderschöne, ruhige Woche. Mani war total lieb zu mir. Tagsüber machten wir Spaziergänge im Schnee, abends saßen wir im Hotel in der Bar, ließen uns verwöhnen und liebten uns jede Nacht.

19.

Dann kam der normale Ehealltag. Wir mußten beide wieder arbeiten. Ich wollte unbedingt mit 18 den Führerschein machen und hatte mit den ersten Fahrstunden auch sofort nach unserer Rückkehr begonnen.

Weihnachten und Silvester gingen mit Familientreffen schnell vorbei und schon kam das Jahr 1973.

Im Februar wurde ich 18 und Anfang März - im neunten Monat - machte ich meinen Führerschein. Mir ging es während der gesamten Schwangerschaft gesundheitlich sehr gut. Ich hatte keine Einschränkungen. Meinen Führerschein feierten wir sogar in einer Disco und ich tanzte noch - etwas behäbig - Rock´n Roll. Es ging mir gut.

Mani arbeitete an den Wochenden weiter als DJ. Ende März bekam ich samstagabends die ersten

Wehen. Ich fuhr mit Mani ins Krankenhaus. Die Hebamme sagte uns, dass es wohl noch bis zum nächsten Tag dauern würde, ich sollte aber schon dort bleiben.

Mani mußte an dem Abend auflegen und ich sagte ihm, er könne gehen. Er sollte rechtzeitig informiert werden. Ab 8.00 Uhr mogens wurden die Wehen heftig. Man hat dann bei Mani angerufen. Seine Mutter sagte, er wäre erst um 6.00 Uhr nach Hause gekommen und würde jetzt schlafen. Ich sagte, sie sollten ihn schlafen lassen, er könne mir sowieso nicht helfen. Ich war auch so mit mir selbst beschäftigt. Ich wollte niemanden sehen. Es tat so weh und ich schrie, was das Zeug hält. Die Hebamme war nicht besonders freundlich und meinte, ich sollte mich mal nicht so anstellen. Ich wäre doch noch jung und da müßte ich nunmal durch. Das war nicht sehr hilfreich, war mir aber auch egal.

Um 13.00 Uhr war alles vorbei und unser Sonntagskind war da! Ich hatte eine kleine Tochter. Sie war so süss und alle Schmerzen waren vergessen. Aber das geht wohl jeder Mutter so.

Nachmittags kam dann Mani mit seinen Eltern und einem dicken Blumenstrauss. Er nahm mich in den Arm und weinte.

Zu der Zeit blieben die Mütter (Wöchnerinnen) noch 10 Tage im Krankenhaus, bevor sie mit ihren Kindern nach Hause kamen.

Als ich wieder zu Hause war, begann eine wunderschöne Zeit. Es war Frühling, das Wetter war schön. Ich kümmerte mich um Lisa, ging viel mit ihr spazieren. Meine Schwiegermutter ging ganz in ihrer Oma-Rolle auf. Der Alkohol schien keine Rolle mehr zu spielen. Sie kümmerte sich um Lisa, wenn ich in unserer Wohnung sauber machte oder kochte. Mani war abends nach der Arbeit sehr liebevoll und und verbrachte auch die Wochenenden, soweit möglich, mit uns.

20.

Irgendwann wich dieses harmonische Zusammenleben dem grauen Alltag. Wir hatten uns inzwischen in unserer Wohnung einige neue Möbel angeschafft. Ein Eheschlafzimmer mit Doppelbett und grossem Kleiderschrank, weiss, Schleiflack und supermodern. Eine erste Kücheneinrichtung war auch da, in der ich meine hausfraulichen Tätigkeiten austoben konnte; auch Kochen will gelernt sein. Aber da hatte ich Mama ja schon so einiges abgeguckt. Meine Schwiegermutter wollte ich da ganz heraus halten. Das Wohnzimmer bestand komplett aus altdeutschen Möbeln, die Mani geerbt hatte und an denen er sehr hing. War absolut nicht mein Geschmack, aber für den Anfang war das eben in Ordnung.

Nach der Schwangerschaft hatte ich schnell meine alte Figur wieder. Mani und ich hatten uns flippige Klamotten gekauft, wie es in den 70er Jahren Mode war. Ich war 18 und wollte natürlich etwas erleben. Ich wollte abends ausgehen, tanzen, Spass haben.

Mani war oft mit seinen Freunden unterwegs, aber ich war schließlich seine Frau und er sollte auch mit mir ausgehen. Wir waren dann auch an den Wochenenden manchmal bis zum anderen Morgen tanzen. Es gab einige Discos in unserer näheren Umgebung, die zu der Zeit total in waren. Wir verstanden uns in dieser Zeit gut und inzwischen machte auch der Sex wieder Spass. Wir liebten uns fast jede Nacht; es war einfach nur schön.

Wenn wir ausgingen, war Lisa entweder bei Opa und Oma oder auch mal bei Opa 2, meinem Papa und meinen Schwestern, die ganz stolze Tanten waren und die kleine Lisa vergötterten. Außerdem war Lisa ein ganz liebes Baby; sie schlief schon nach kurzer Zeit nachts durch und machte keine Probleme.

21.

Meine Schwiegereltern hatten seit Jahren einen Wohnwagen auf einem festen Stellplatz am Möhnesee. Das war eine Talsperre ca. 30 km von unserem kleinen Städtchen entfernt. Sie verbrachten dort die meisten Wochenenden, sogar im Winter. Das war eine weitere neue Erfahrung für mich. Unsere kleine Familie fuhr jetzt oft mit. Der Wohnwagen war groß genug, dass vier Personen dort schlafen konnten. Lisa war ja noch klein und schlief in ihrem Kinderwagen.

Der Sommer kam und es machte mir richtig Spaß, wenn wir unsere Freizeit an dem See verbringen konnten. Teilweise war es sehr heiß und wir waren froh, uns immer wieder im Wasser abkühlen zu können. Auch Lisa hatte ihren Spass und plantschte glücklich im Wasser herum. An diesen Wochenenden waren wir eine glückliche, kleine Familie.

Wir fuhren jetzt auch öfter ohne meine Schwiegereltern und verbrachten zwei Wochen im Sommerurlaub dort. So konnten wir uns auch in den Nächten im Wohnwagen lieben, was natürlich mit den Beiden nicht möglich war... Aber auch wenn sie dabei waren, nutzten wir die Gelegenheiten, wenn sie tagsüber auf Lisa aufpassten, und machten wunderschöne "Ausflüge" in die Umgebung. Wir waren beide richtig hungrig nach Sex und konnten immer noch nicht genug voneinander bekommen.

Leider gab es aber auch die andere Seite im normalen Alltag. Ich hatte so meine Probleme mit Mani. Er wurde so schnell wütend und aufbrausend und auch mal handgreiflich.

Zum Beispiel kam er in der Mittagspause mit schlechter Laune nach Hause. Wenn ich dann das Schnitzel nicht richtig gebraten hatte oder die Nudeln waren zu weich, konnte es passieren, dass das Schnitzel durch die Gegend flog oder die Nudeln über den Tisch. Dabei schrie er so laut, dass Lisa schreckliche Angst bekam und ebenfalls laut schrie. Ich konnte sie dann nur versuchen zu beruhigen und verkroch mich mit ihr im Schlafzimmer. Kurze Zeit später hatte er sich abgeregt und für seinen Ausraster entschuldigt.

Mani hatte zwei Seiten. Auf der einen Seite war er sensibel und liebevoll; auf der anderen Seite total empfindlich, leicht aufbrausend und sehr aggressiv. Ich verstand ihn nicht. War ich zu jung für diese Beziehung? Ich wußte nicht damit umzugehen. Aber irgendwie hatte ich mich auch daran gewöhnt.

Ich muss dazu sagen, dass ich von Natur aus zwar äußerlich meiner Mama ähnlich sah, aber innerlich doch mehr meinem Papa glich: heisst, den Weg des geringsten Widerstands gehen, den Mund halten und alles in sich reinfressen. So bekamen mein Papa und meine Schwestern nichts davon mit, wie Mani mich behandelte. Ich hatte nie den Mut, meinen eigenen Standpunkt beizubehalten, wenn Mani einen anderen hatte.

In dieser Zeit machte Maria mal wieder eine Entziehungskur. Sie verbrachte ihre Kuren immer in schi-

cken Kurorten. Wir besuchten sie dann am Wochenende dort. Die Landschaften rund um diese Orte
waren wunderschön und luden zu langen Spazier-
gängen auf dem Land oder in Wäldern ein. Es waren richtig schöne harmonische Familienausflüge.
Lisa liebte ihre Grosseltern und hatte ihren Spass
dabei. An diesen Tagen fühlte ich mich richtig gut.

22.

Im Sommer darauf reifte dann in Mani der Plan,
einen eigenen Herrensalon zu eröffnen. Da er keinen Meisterbrief hatte, mußte er einen Meister beschäftigen. Zu der Zeit wollte sich ein Kollege, der
einen Salon hatte, zur Ruhe setzen. Der Salon befand sich in direkter Nachbarschaft zur Diskothek
"Tiffany", in der wir schon so manchen Abend verbracht hatten. Zum Salon gehörte eine darüber
liegende Wohnung auf zwei Etagen.
Es handelte sich dabei um ein Eckhaus. Im Erdge-
schoss befand sich der Salon mit Eingang zur
Hauptstrasse. Der Hauseingang zur Wohnung war
in der Seitenstrasse. Im Flur war der Hintereingang
gang zum Salon, ein Abstellraum und eine Kundentoilette.
Mir gefiel die Perspektive, bei den Schwiegereltern
auszuziehen, und für meine kleine Familie ganz
allein zu sorgen.

Es klappte. Mani übernahm den Salon, der Kollege stieg mit seinem Meisterbrief ein und wir zogen in die 4-Zimmer-Wohnung über dem Salon. Im ersten Obergeschoss richteten wir eine Wohnküche und das Wohnzimmer ein. Außerdem befand sich ein Bad auf der Etage. Ins zweite Obergeschoss kam unser Schlafzimmer und ein Kinderzimmer, in dem wir noch ein Klappbett aufstellen konnten, wenn uns eine meiner Schwestern besuchte und bei uns schlief.

Mani hatte einen guten Ruf als Herrenfriseur und konnte sich über immer mehr Kunden freuen. Das Geschäft lief und zwischen uns war auch alles in Ordnung (dachte ich).

Zwischendurch bediente er auch weibliche Kundschaft, die er meistens von irgendwoher kannte. Ich erwischte ihn dann auch mal, dass er den Salon abschloss und eine Kundin weitläufiger "bediente", auf der Kundentoilette. Ich hörte zufällig Geräusche im Flur. Daraufhin donnerte ich an die Tür und forderte ihn auf, zu öffnen. Das tat er dann, ebenso peinlich berührt wie die "Kundin", die dann auch sofort verschwand. Ich war so enttäuscht! Und entsetzt! Es gab eine heftige Auseinandersetzung und dann die Versöhnung - war ich ihm hörig? Oder etwa sexbesessen? - Auf jeden Fall abhängig, denn ich würde niemals eingestehen, einen Fehler mit meiner Heirat gemacht zu haben.

23.

Damit er das Geschäft irgendwann allein führen konnte, wollte Mani jetzt auch die Meisterprüfung machen. Das ging allerdings nicht ohne die finanzielle Unterstützung seines Vaters, da er an den Tagen, an denen er zur Schulung nach Dortmund fuhr, den Salon schließen mußte und keinen Umsatz machte. Sein Vater unterstützte diese Pläne und wir mußten uns darum keine Sorgen machen.

Mani besorgte mir eine "Ente", das war ein PKW Citroen, ein heute nicht mehr so bekanntes, sogenanntes Studentenauto. Es war billig und wer das Auto schon mal gefahren hat, weiss, wie schaukelig es war. Aber ich hatte einen fahrbaren Untersatz und war unanhängiger.

24.

Im Laufe der Zeit veränderte Mani sich. Wenn er nach Hause kam, war er angespannt. Auf meine Fragen bekam ich ausweichende Antworten oder er wurde aggressiv. Ich hatte Angst vor seinen Schlägen. Und wenn ich auch mal laut wurde und versuchte, mich irgendwie durchzusetzen und zu wehren, hatte ich wenig Erfolg. Meine Gegenwehr war deshalb sehr gering.

Er kam oft erst in der Nacht heim und irgendwann gar nicht. Er sagte mir, er würde in Dortmund bei einem Bekannten schlafen, weil er so viel lernen müsse. Es wäre zu stressig, immer noch wieder die 30 km nach Hause zu fahren.

Ich mußte mich auch irgendwie beschäftigen. Mir war langweilig und so begann ich, abends direkt neben unserem Salon ins Tiffany zum Tanzen zu gehen. Ich hatte in dieser Zeit ein ganz gutes Verhältnis zu meiner Familie und Papa erlaubte meiner ältesten Schwester Anne, die jetzt 11 Jahre war, bei mir zu übernachten und auf Lisa aufzupassen. Ich war ja nur nebenan und konnte so immer schnell zu Hause sein.

25.

Eines Abends sprach mich der Besitzer der Disco, Peter, an, ob ich nicht Lust hätte, für ihn an der Bar zu arbeiten. Ich würde gut verdienen und das Trinkgeld wäre auch nicht zu verachten. Ich fand die Idee super und sprach bei nächster Gelegenheit mit Mani darüber. Zu meiner Überaschung hatte er nichts dagegen. Ich glaube, er war ganz froh, dass ich beschäftigt war und nicht mehr viele Fragen stellte. Er würde in Zukunft noch weniger nach Hause kommen können.

Ich sprach mit Papa und er war damit einverstanden, dass meine Schwester Anne für einige Monate (die Nachtarbeit sollte ja keine Dauerbeschäftigung werden) ganz zu uns zieht. Sie schlief in dem Klappbett bei Lisa, die - wie schon gesagt - nachts gut durchschlief und keine Probleme machte. Es gab nie Schwierigkeiten und wenn sie morgens aufwachte, war ich da. Ich arbeitete auch nur an 4 Tagen; donnerstags, freitags, samstags bis 4 Uhr morgen und sonntags bis 1 Uhr. Mir machte das Spass und dabei verdiente ich mit den Trinkgeldern gut. Anne ging zur Realschule und ich brachte sie morgens hin und holte sie mittags ab. Manchmal fuhren wir dann zu meinen Schwestern nach Hause zum Mittagessen und verbrachten den Nachmittag zusammen. Anne lebte gerne bei Lisa und mir; sie übernahm Verantwortung und fühlte sich schon sooo erwachsen.

Und ich war ihr dankbar. Nicht nur wegen Lisa, sondern auch wegen Mani, der sich in dieser Zeit natürlich keine Ausraster erlaubte, wenn er überhaupt mal da war.

26.

Mani kam nur noch unregelmäßig nach Hause. Manchmal sah ich ihn zwei Wochen nicht. Eines Tages sagte er, er müsse mit mir sprechen. Er hatte die Meisterschule abgebrochen.

Nachts war er in Kreise gekommen, die ihm zeigten, dass sein Leben langweilig wäre und er anders zu Geld zu kommen könnte. Er war ja immer schon ein Nachtmensch und hatte natürlich in der Grossstadt ganz andere Möglichkeiten. Allerdings gefiel mir das Umfeld, in das er hineingeraten war, überhaupt nicht. Er hatte auch da in einer Disco als DJ ausgeholfen und war an Drogendealer geraten. Die Erfahrung, so das schnelle Geld zu machen, faszinierte ihn.

Dabei hatte er eine Frau kennengelernt, die ein paar Jahre älter war als er. Sie war eine Nutte und hatte sich wohl in Manni verknallt. So wurde er ihr "Beschützer" und verdiente dabei nicht schlecht. Er schlief natürlich auch mit ihr. Nach seinen Worten gehörte das zum "Geschäft".

Er sagte mir, dass er Lisa und mich liebt und dass das Leben dort nichts mit uns zu tun habe. Er würde uns nie verlassen. Wir wären sein Leben. Er nahm Lisa auf den Arm, spielte mit ihr, als wäre alles ganz normal.

Ich war völlig hilflos. Was sollte ich dazu sagen? Was machen? Mich scheiden lassen? Schreien? Ihm ins Gesicht schlagen? Er würde zurückschlagen. Ihn rauswerfen? Er würde nicht gehen. Ich wußte es nicht.

Und was machte ich? Nichts. Er war so lieb zu mir, hatte ein schlechtes Gewissen. Wir tranken etwas zuviel und schliefen später miteinander. Am nächsten Tag fuhr er wieder, als wenn nichts wäre.

Zwei Wochen später kam er wieder und führte sein neues Auto vor: ein roter Porsche Carrera, auf der Motorhaube eine riesige Flamme. Ich war erst einmal sprachlos. Jeder negative Ausspruch wäre ebenso sinnlos wie falsch gewesen. Er blieb über Nacht und wir hatten wie immer tollen Sex. Finanziell ging es uns gut. Mani gab mir bei seinen Besuchen immer genug Bargeld und ich verdiente an den Wochenenden auch nicht schlecht. So viel Geld hatte ich noch nie zur Verfügung. Aber das war alles so falsch!!

Den Kontakt zu seinen Eltern hatte er mehr oder weniger abgebrochen. D.h. sein Vater wollte nichts mehr mit ihm zu tun haben, solange er "verbrecherischen Tätigkeiten" nachging. Allein wegen ihrer Enkelin trafen sie sich ab und zu mit mir. Das war nicht sehr oft; auch weil Maria sich inzwischen wohl jeden Tag ihren Alkohol besorgte. Franz hatte, so unangenehm es war, in einem Umkreis von vielleicht 500 m Supermärkten, Kiosken, Tankstellen, Bescheid gegeben, ihr keinen Alkohol zu verkaufen. In dieser Zeit war Maria dann wieder mal sechs Wochen zur Kur auf Entzug und mein Schwiegervater begleitete sie.

27.

So gingen die Wochen ins Land. Ich hatte mich an mein neues Leben gewöhnt.

Ich genoss es, wenn die Männer mich an der Bar hofierten, mir Komplimente machten, mir Getränke und großzügige Trinkgelder bezahlten. Auch mit Peter verstand ich mich immer besser, sehr zum Leidwesen seiner Frau Marga. Beide waren schon Mitte 30 und Marga war eine überkandidelte, dickgeschminkte, mit Schmuck behängte, kleine Hexe. Wahrscheinlich gefiel Peter an mir, dass ich noch so glatte, ungeschminkte Haut hatte, wobei das tägliche Make-up bei Marga schon erhebliche Spuren hinterlassen hatte. Ich hatte es nie nötig Make-up aufzutragen und musste nur meine Augen entsprechend betonen, um den Männern zu gefallen.

Die Disco war an den Wochenenden gut besucht. Wir hatten sogar Starauftritte wie z.B. Jürgen Drews, heute "König von Mallorca", der mit Hits wie "Ein Bett im Kornfeld" durch die Discos tingelte.

Nach einigen Wochen schloss ich mich Peter, seiner Frau und meinen Kollegen an, wenn sie nach Feierabend morgens um 6 Uhr zum Frühstücken ins Café de Paris fuhren. Ich hatte natürlich vorher mit Anne gesprochen, ob es ihr etwas ausmache, wenn ich erst gegen 8 Uhr nach Hause käme und auch für ein paar Stunden nicht erreichbar wäre. Handys gab es zu der Zeit noch nicht und so wäre Anne ein paar Stunden auf sich allein gestellt. Sie wünschte mir nur viel Spass und meinte, sie käme schon klar mit Lisa. Inzwischen hatte sie Füttern und Windelnwechseln drauf und ich traute ihr das zu.

Wir hatten viel Spass und flirteten auch untereinander. Irgendwann war Marga nicht dabei und zwischen mir und Peter entbrannte eine heftige Knutscherei. Irgendwie machte mich das an, dass jemand wie Peter auf mich stand un d ich verspürte das altbekannte Kribbeln im Bauch, wenn er mich ansah. Nach diesem Morgen nutzten wir jede Minute des Alleinseins, um uns zu küssen.

28.

Einmal lud ich ihn wochentags zum Abendessen ein. Meine Schwester war zu dieser Zeit für einige Tage mit Lisa bei Papa zu Hause. Peter hatte mir mal erzählt, dass ihm nur seine Mutter sein Leibgericht, Sauerbraten mit Klössen, machen würde. Marga könnte ja nicht kochen. Da mir meine Mama viel von ihren Kochkünsten beigebracht hatte, konnte ich jetzt punkten und lud Peter zu Sauerbraten und Klössen ein. Er freute sich riesig und geschmeckt hatte es ihm auch sehr gut. Wir verbrachten dann den Abend zusammen und gingen später gemeinsam ins Bett. Ich muss zugeben, der Sex mit ihm war nicht besonders toll. An Mani kam er in hundert Jahren ran. Aber das war meine erste "Fremderfahrung" und vielleicht würde es besser.

Mir wurde erst am anderen Morgen bewusst, dass Mani jederzeit hätte kommen können. Mir rutschte das Herz in die Hose bei dem Gedanken, was dann passiert wäre. Denn eifersüchtig war Mani! Aber es ging ja alles gut und wir wurden wohl etwas leichtsinnig. Marga hackte nur noch auf mir herum, aber beweisen konnte sie nichts. Ich ging ihr aus dem Weg, so gut es ging.

Dann passierte es. Ich hatte mich kurz vor Feierabend, so gegen drei Uhr nachts, mit Peter an einer der hinteren Bars verkrochen und Mani kam herein. Er suchte mich und kam dann locker lächelnd auf uns zu.

"Na, Ihr Beiden? Schon Feierabend?"

"Wir haben schon mal angefangen, die hinteren Bars sauber zu machen und zu schliessen. Um so schneller sind wir dann fertig." sagte Peter lächelnd zurück.

"Kriege ich denn noch was zu trinken?"

"Ja klar. Kommt mit nach vorne. Dann mache ich uns noch einen Absacker."

Mir war schon ganz schlecht vor lauter Angst und ich hoffte inständig, dass Mani nichts mitbekommen hatte. Das machte auch so den Anschein - allerdings nur, bis wir draussen waren.

"Was war das?! Hast du noch alle Tassen im Schrank?! Soll ich dir den lieben Peter aus dem Schädel prügeln?!"

Die ersten Schläge ins Gesicht fing ich mir noch draussen vor unserer Haustür. Dann schloss Mani die Tür auf und schubste mich in den Flur. Da verprügelte er mich dann so , dass ich die Treppe nur noch herauf kriechen konnte. Mein Kopf dröhnte, mein Gesicht würde morgen grün und blau sein. Die Schläge in den Bauch hatte ich nicht gezählt. Aber der Gedanke an einen Arzt oder das Krankenhaus, geschweige denn die Polizei kam mir zu keinem Zeitpunkt. Ich weiss nicht, ob es aus Angst war oder weil ich mich damit abgefunden hatte.

Ich schlief dann vor Erschöpfung ein. Mani legte sich zu mir, steichelte mich und entschuldigte sich unter Tränen, dass er so ausgerastet war. Ich liebte ihn immer noch und sagte, dass ich ihm verzeihe. Am Morgen fuhr er wieder los und ließ sich einige Wochen nicht blicken. In der Zeit telefonierten wir aber regelmäßig.

Im Obergeschoss des Hauses schliefen meine Schwester und Lisa. Sie hatten von den Ereignissen der Nacht nichts mitbekommen. Als Anne mich am nächsten Morgen sah, bekam sie natürlich einen Riesenschreck. Ich erzählte ihr dann, dass es in der Disco nachts eine Schlägerei gegeben hätte, in die ich hereingeraten wäre.

So konnte ich natürlich nicht arbeiten. Also rief ich Peter an, der sofort besorgt zu mir kam.

"Der ist ja wahnsinnig! Du mußt weg von dem! Ich helfe dir. Was kann ich für dich tun?" Peter war so bemüht und lieb, aber er konnte mir nicht helfen.

"Soll ich mit dir zur Polizei gehen? Du mußt ihn anzeigen. Der gehört doch hinter Gitter!" Er wollte mich unbedingt dazu bringen, meinen Mann anzuzeigen.

"Das kann ich nicht und will ich nicht! Er hat ja recht! Ich hab ihn schließlich betrogen!" Bin ich denn eigentlich total bescheuert? Ist Gewalt eine Lösung? Und was macht er? Belügt und betrügt mich mit, ich weiß nicht wie vielen, Frauen und rastet aus, wenn mich nur einer falsch ansieht. Ich bin bescheuert!!

Das muß wohl auch Peter gedacht haben, denn ich ließ mir nicht helfen. Kurze Zeit später war meine Zeit im Nachtleben des "Tiffany" beendet. Mein Ehemann wollte nicht, dass ich weiter dort arbeite.

29.

Jetzt war nicht mehr zu erwarten, dass Mani irgendwann die Meisterprüfung machte. Der Mietvertrag für Ladenlokal und Wohnung wurde gekündigt und ich mußte wieder in das Haus meiner Schwiegereltern ziehen. Was blieb mir anderes übrig? Ich war Manis Ehefrau, wollte mich nicht scheiden lassen und tat, was er sagte.

Ich wollte dann nicht in der Firma meines Schwiegervaters arbeiten, sondern wenigstens bei der Arbeit nicht von dieser Familie abhängig sein. Ich suchte mir eine Putzstelle, 5 x pro Woche, in einer Werkstatt, in der ich nach Feierabend die Büros und Waschräume sauber machen mußte. Eine ziemliche Drecksarbeit.

Nach einigen Monaten hatte ich eine Stelle in Schichtarbeit am Fließband; Sortieren von Plastikteilen wie Yoghurtbecher und Kleinspielzeug. Ich machte meistens die Spätschicht, weil bis mittags eigentlich immer klar war, ob Maria sich um Lisa kümmern konnte oder wieder betrunken war. Dann sprang mein Schwiegervater ein. Das Zusammenleben mit den Beiden wieder in einem Haus war eine Katastrophe! Ich ging ihnen, soweit möglich, aus dem Weg. Aber ich war für die Betreuung von Lisa auf sie angewiesen, wenn ich zur Arbeit musste. Und von all dem sollte Papa so wenig wie möglich mitbekommen. Nach aussen hin spielte ich "Happy Family".

Manchmal war es nicht auszuhalten, wenn Maria sich morgens schon zwei, drei Flaschen Bier holte und sich diese dann in der Küche einverleibte. Es ist ekelhaft, wenn eine 62 Jahre alte Frau lallend und mit blutunterlaufenen Augen durch die Gegend torkelt, dabei dann noch versucht, ein Mittagessen auf den Tisch zu bringen. Ich hielt mich dann entweder oben in unserer Wohnung auf und ließ sie auch nicht hinein, wenn sie an die Tür donnerte. Oder ich machte mich mit Lisa bei den ersten Anzeichen auf den Weg nach draussen, zum Einkaufen, Spazieren oder Spielplatz. Wenn mein Schwiegervater zum Mittagessen nach Hause kam, war er sehr aufgeregt und brüllte sie an. Meistens steckte er sie dann ins Bett, wo sie schlief, bis er zum Feierabend nach Hause kam.

Das Ganze war ein Riesendilemma, da Franz seit Jahren auch noch herzkrank war und sich eigentlich gar nicht aufregen durfte. Das konnte und wollte ich ihm allerdings nicht abnehmen. In den Jahren, in denen ich sie kannte, welchselten sie sich gegenseitig mit ihren Kuren ab; Maria auf Entzug, Franz mit seiner Herzkrankheit.

Manchmal besuchte uns Manis Bruder mit seiner Freundin. Die Besuche waren anstrengend, weil er sich weder mit Mani noch seinen Eltern besonders gut verstand. Es kam immer wieder zu Spannungen und die Eskapaden von Maria trugen auch nicht zur Wohlfühlatmosphäre bei.

Dann gab es noch einen Onkel, den Bruder meines Schwiegervaters. Er arbeitete als Chirurg in der Uniklinik in Köln und lebte dort mit seiner Familie (Ehefrau, Sohn und Tochter). Seine Besuche waren wie Balsam. Er konnte seinen Bruder beruhigen, seine Schwägerin die Leviten lesen oder ihr gut zureden. Das half zwar für den Moment, war aber leider nie von Dauer.

Das Leben war beschissen! Ich musste arbeiten, mich um mein Kind kümmern und hatte zwischendurch mal einen Ehemann. Mani war in dieser Zeit sehr lieb zu mir und wir hatten tollen Sex. Dabei versprach er mir immer wieder, dass sich bald alles ändern würde und er wieder ganz bei uns wäre. Ich war so blauäugig!

30.

Irgendwann fragte ich ihn dann, ob er mir nicht mal zeigen könnte, wo er wohnte, wenn er nicht zu Hause war. Zu meiner Überraschung hatte er nichts dagegen. Wir fuhren also nach Dortmund in eine alte Zechensiedlung, in der diese Frau, die für ihn anschaffte, ein Zechenhaus besaß.

Mani hatte sie auf unseren Besuch vorbereitet. Sie öffnete uns und ließ uns herein. Sie hatte, wie ich, dunkle lange Haare, war aber mindestens 10 Jahre älter. Dann stürmte uns ein riesengroßer Labrador entgegen und warf Mani fast um. Mani liebte Hunde und tobte sofort mit ihm herum. Im Wohnzimmer begrüsste uns ein etwa 8-jähriges Mädchen und sprach Mani mit "Papa" an. Ich war geschockt und konnte nichts sagen. In Anwesenheit des Kindes wollte ich auch keine Szene machen. Ich beherrschte mich also und ließ die anderen reden.

"Hallo, ich bin die Gabi. Mani hat mir schon viel von dir und eurem Baby erzählt."

"Ach ja? Ich weiß von dir eigentlich gar nichts. Bis auf die Tatsache, dass du für Mani arbeitest."

"Ja weisst du, ich liebe Mani und würde alles für ihn tun. Ich will ihn dir auch gar nicht wegnehmen. Wir sind sowas wie seine zweite Familie. Meine Tochter kennt ihren leiblichen Vater nicht und freut sich, dass sie wieder einen Papa hat und er liebt uns auch."

Ich hätte kotzen können! Aber ich musste mich beherrschen. Wir machten noch etwas Smalltalk und fuhren dann wieder.

So vergingen die nächsten drei Monate ohne nennenswerte Ereignisse.

31.

Anfang 1975 kam Mani nach Hause. Das Thema Zweitfamilie hatte sich erledigt. Er hatte sich endgültig getrennt, Geld weg, Porsche weg - aber auch zu Hause war seine Existenz den Bach runter.

Wegen verschiedener Vergehen waren Strafverfahren anhängig. Mani wurde auf Bewährung verurteilt und musste seinen Führerschein abgeben; ohne die Aussicht, ihn jemals wieder zu bekommen. Er raufte sich mehr oder weniger mit seinem Vater zusammen und der bot ihm an, in seiner Firma zu arbeiten, und zwar von ganz unten, in der Schleiferei. Das war eine Drecksarbeit und ein mächtiger Absturz in seinem Leben. Weiter unten ging nicht.

Ich war jetzt seine Stütze und ließ mich dazu überreden, auch in der Firma anzufangen, damit wir mehr zusammen waren. Da ich ihn immer noch liebte, tat ich ihm den Gefallen. Ich war der irrwitzigen Meinung, ihn auffangen zu müssen. Wir gingen morgens gemeinsam ins Werk, machten zusammen Mittagspause und später Feierabend. Ich arbeitete in der Montageabteilung und montierte Elektrohausgeräte zusammen. Das machte mir Spass und zusammen verdienten wir nicht schlecht.

Alles war gut. Wir stritten uns kaum; Mani wurde nicht mehr handgreiflich und ich glaubte an einen Neuanfang.

32.

Nach einiger Zeit setzte er sich dann mit einem alten Kumpel in Verbindung, der sich mit einer eigenen Schleiferei selbstständig gemacht hatte.

Jupp war einige Jahre älter als Mani, verheiratet und hatte zwei Söhne. Er bot Mani Arbeit in seiner Schleiferei an. Mani gefiel wohl die Aussicht, nicht mehr so "unter Kontrolle" zu stehen, wie er es nannte. Es ging ihm wohl auf die Nerven, seine Familie immer um sich zu haben. Ich konnte es verstehen. Schließlich waren während der Arbeitszeit sein Vater und ich in seiner Nähe und in der Freizeit waren wir auch mehr oder weniger um ihn herum. Ich fürchtete, dass wir uns irgendwann fürchterlich auf die Nerven gehen und uns mehr streiten würden. Also war ich einverstanden.

Jupp hatte zwei Schleifböcke, also zwei Arbeitsplätze, und je nach Auftrag arbeiteten sie in Zukunft zu zweit oder allein.

Gleichzeitig suchten wir eine Mietwohnung. Wir wollten bei seinen Eltern aus den bekannten Gründen ausziehen. Da wir nicht viel Miete bezahlen konnten, sahen wir uns Wohnungen etwas außerhalb an.

Wir entschieden uns dann für eine Wohnung auf einem kleinen Dorf in der "Mäuseburg", wie das Haus liebevoll genannt wurde. Die "Mäuseburg" war ein in einem Hang liegendes Gebäude. Es sah aus, als ob es mal eine Hütte gewesen und immer ein Stückchen erweitert worden wäre. So war diese "Hütte" inzwischen zu einem Sechsfamilienhaus geworden. Jede Wohnung hatte irgendwo an diesem Hang seines eigenen Eingang. Rechts vom

Haus war eine lange Auffahrt, die in drei Stellplätzen mündete. Für weitere Fahrzeuge war ein Standstreifen in unmittelbarer Nähe vorhanden. Hinter dem Haus befand sich - ungefähr in Höhe des unteren Daches - ein Garten, der bis oben an den Waldrand ging. Dieses Haus war schwer zu beschreiben - das musste man einfach gesehen haben.

Die Vermieter waren ein älteres Ehepaar, die Mani sofort in ihr Herz schlossen. Er konnte ja so liebevoll, nett und charmant sein... Er bot ihnen sofort seine Hilfe bei irgendwelchen handwerklichen Tätigkeiten an. Das kam gut an und wir schlossen den Mietvertrag.

Nachdem wir dort eingezogen waren, hatte ich für Lisa einen Platz in der Kindertagesstätte nahe meines Arbeitsplatzes gefunden. So fuhren wir morgens alle drei mit meinem neuen, gebrauchten Käfer los, den ich mir inzwischen gekauft hatte.

Ich lieferte Mani an der Schleiferei ab, Lisa an der Kita und fuhr selbst zur Arbeit. Nach Feierabend ging das Ganze umgekehrt. Ich war wieder mal ganz zufrieden mit meinem Leben. Wir fühlten uns in unseren vier Wänden sehr wohl und verstanden uns auch mit unseren Nachbarn ganz gut.

Wir saßen oft zusammen, bei schönem Wetter draußen im Garten. Der Garten war genauso verrückt angelegt wie das Haus. Das Gelände ging in Terassen bis zum Wald. An den Hängen wuchsen riesige Brombeeren, die besonders gut schmeckten. Mani baute mit den Nachbarn eine Gartenhütte, vor der wir dann oft saßen und tranken, grillten und viel Spass hatten.

33.

Das ging eine Zeitlang so weiter. Aber Mani wurde immer unzufriedener und unruhiger. Er hatte sich ein Mofa gekauft, um nicht immer von mir abhängig zu sein und selbst von A nach B kommen zu können. Er fing an, nach Feieraben noch in Kneipen zu gehen und sich zu betrinken.

In dieser Zeit begann er, mir Vorwürfe zu machen, dass ich nicht mehr Jungfrau war, als ich ihn kennenlernte. (Zur Erinnerung: Ich WAR Jungfrau, meinte aber leider mit meinen dummen 16 Jahren, auch schon Erfahrung haben zu müssen.) Er wurde eifersüchtig auf jeden Mann, der mich irgendwann angefasst hatte. Ich sollte ihm alles haarklein erzählen; wohl damit er sich noch richtig da hineinsteigern konnte. Das war doch krank!

Diese Vorwürfe und meine halbseidenen Erklärungsversuche führten nur dazu, ihn immer wütender zu machen und Prügel waren dementsprechend an der Tagesordnung.

Ich versuchte, ihm klar zu machen, dass das alles Blödsinn war. Er glaubte mir natürlich nicht (wie auch?). Er schlug mir mal ins Gesicht, mal an den Kopf oder die Arme; schubste mich gegen Tisch, Herd, Schrank, was so gerade da war. Das alles passierte meistens abends oder nachts. Lisa schlief tief und fest. Zumindest hoffte ich das.

Unsere Vermieter bekamen einiges mit. Sie schimpften immer wieder mit Mani wie mit einem großen Jungen, der sich nicht prügeln sollte. Nach seinen Wutanfällen war er auch ganz lieb und entschuldigte sich unter Tränen mit dem Versprechen, dass es nie wieder vorkommen würde. (Ich glaube, diese Sprüche haben viele tausend verprügelte Frauen immer wieder gehört und immer wieder geglaubt.)

34.

An einem Tag war es besonders schlimm. Ich kam von der Arbeit, hatte Lisa abgeholt und wollte nun Mani mit nach Hause nehmen. Als ich bei der Schleiferei ankam, ließ ich Lisa im Auto warten. Mani war allein und saß noch vor seinem Schleifbock. Er sah mich erst gar nicht, als ich hineinkam. Dann drehte er sich um und ich merkte, dass er stockbetrunken war. Eine leere Flasche Wodka stand neben ihm. Er fing an, zu reden.

"Na da ist ja meine tolle Frau, die´s mit jedem treibt, der sie anguckt. Du verdammte Nutte, was hast du denn heute getrieben?"

"Lass das! Hör auf , so einen Quatsch zu reden und komm nach Hause."

"Ich rede Quatsch!? Ich zeige die gleich, was Quatsch ist! Wer weiß, mit wem du alles schon gebumst hast!"

Er stand auf und schlug mir immer wieder ins Gesicht, bis ich nicht mehr auf den Beinen stehen konnte und hinfiel.

"Stell dich nicht so an!! Wer war das? Mit wem hast gepennt? Lüg mich nicht an! Du verdammte blöde Hure!"

Er schrie und schrie und schrie. Ich lag auf den dreckigen Boden der Schleiferei und er trat mit seinen Arbeitsschuhen mit Stahlkappe auf mich ein. Ich war ganz still, um ihn nicht weiter zu reizen und er aufhören würde. Nach einer Weile hatte er sich ausgetobt.

"Steh auf und wasch dir das Gesicht. Wir fahren dann nach Hause."

Und das taten wir. Ich hatte keine Ahnung, wie lange das alles gedauert hat. Es kam mir wie Stunden vor; nachher sah ich, dass ein knapp eine Viertelstunde war. Ich war nur froh, dass Lis so ein liebes Mädchen war, die brav im Auto wartete.

Ich setzte mich mit Mani ins Auto und wir fuhren nach Hause. Lisa hatte hinten auf dem Rücksitz nichts mitbekommen. Ich hatte mein Gesicht abgewandt, damit sie es nicht sehen konnte. Zu Hause kümmerte sich Mani um Lisa. Den Alkoholkonsum ließ er sich nicht anmerken. Oh, er konnte sich gut auf Situationen einstellen. Er sagte Lisa, dass ich krank wäre und etwas Ruhe bräuchte. Ich legte mich aufs Sofa und weinte vor Schmerzen in die Kissen. Nachdem Mani Lisa ins Bett gebracht hatte, kam er zu mir und sah sich sein Werk an. Er brach (mal wieder)in Tränen aus und versorgte meine Wunden. Seine Versprechen hörte ich mir gar nicht mehr an. Die glaubte ich inzwischen sowieso nicht mehr. Aber ich blieb mit ihm zusammen.

Am nächsten Morgen rief ich in der Firma an und meldete mich krank. Später sprach ich auch mit meinem Schwiegervater darüber. Er hatte selbst schon mitbekommen, dass sein Sohn gewalttätig war, wußte aber auch keinen Rat außer Trennung. Er war schwer herzkrank, dazu noch eine Trinkerin als Ehefrau und einen gewalttätigen Sohn. Ich wollte ihn nicht noch mehr belasten und hielt mich mit meinen Problemen zurück. Ich blieb eine Woche zu Hause und konnte dann wieder arbeiten, ohne dass den Kollegen etwas auffiel.

35.

Bis dahin war es mir gelungen, alles Schlimme, was in meinem Leben passierte, von Papa und meinen Schwestern fernzuhalten. Wenn sie uns oder wir sie besuchten, waren wir die heile, kleine Familie.

Papa hatte nun an seinem Arbeitsplatz eine Frau kennengelernt. Sie war nur 4 Jahre älter als ich, kam aus (damals noch) Jugoslawien und hatte zwei Kinder, einen Jungen und ein Mädchen. Papa lud uns dann an einem Sonntag ein und stellte sie uns vor. Man merkte, dass ihm die Frau guttat.

"Vera hat in der Firma gekündigt und wird mit ihren Kindern Lena und Josip zu uns ziehen. Die Haushaltshilfe hört in ein paar Tagen auf und Vera will sich um den Haushalt kümmern. Deine Schwestern vestehen sich sehr gut mit ihr und auch den beiden Kindern. Vielleicht bleibt sie ganz bei uns."

So viel hatte Papa lange nicht mehr geredet und er machte einen ganz glücklichen Eindruck. Ein bisschen hatte Vera was von Mama: Dunkelbraue Haare, braune Augen, etwas korpulent und ziemlich energiegeladen. Genau das, was Papa fehlte.

"Ich freue mich für euch, Papa. Ich hoffe, das klappt. Ihr wäret ja dann wieder eine Familie."

Papa nahm mich in den Arm, was selten genug vorkam. Ich wünschte ihm und meinen Schwestern wirklich alles Gute.

Vera zog mit ihren Kindern in unser Haus. Meine Schwestern gewöhnten sich daran, eine neue "Mutter" zu haben. Sie haben sie aber niemals "Mutter" oder "Mama" genannt, sondern sie immer mit ihrem Vornamen angesprochen. Aber das war egal. Meine Schwestern hatten eine neue Vertrauensperson und das war gut so.

Ein Jahr später heirateten Papa und Vera. Wir waren alle einverstanden und zufrieden damit. Meine Schwestern freuten sich genauso wie Lena und Josip. Sie verstanden sich alle gut und wuchsen ab da wie Geschwister auf. Ich war froh, dass meine Schwestern und natürlich auch Papa jetzt gut versorgt waren.

36.

Nach dem Vorfall in der Schleiferei riss sich Mani die nächste Zeit zusammen.

Zwischen Jupp, seiner Frau Sophie, den beiden Söhnen und uns entstand in dieser Zeit eine Freundschaft. Wir vebrachten viel Freizeit miteinander.

Als in der "Mäuseburg" eine grosse Wohnung frei wurde, zogen sie dort ein. An den Wochenenden fuhren Jupp und Mani manchmal zum Angeln. Jupp baute hinten im Garten einen Räucherofen auf, in dem sie dann die Forellen räucherten. Bei schönem Wetter saßen wir alle mit den Kindern im Garten. Wir grillten und machten Musik; das heißt, Jupp spielte Gitarre und Mani Akkordeon. Es war eine schöne und harmonische Zeit. Mani betrank sich zumindest nicht mehr während der Arbeitszeit, nur abends war es manchmal ziemlich viel. Ich versuchte dann, ihn möglichst nicht zu provozieren. So schaffte ich es zunächst, ihn ruhig zu halten. Ich hatte fast schon gehofft, es würde alles gut.

Im Sommer 1979 wurde Lisa eingeschult und Mani und ich waren wie selbstverständlich als Eltern dabei. Wir hatten frei und verbrachten einen schönen Familientag zusammen.

Lisa konnte weiter nach der Schule in die Tagesbetreuung, da beide Elternteile voll berufstätig waren. Das hat natürlich besonders mich entlastet. Eine Betreuung durch die Oma kam überhaupt nicht infrage.

Mein Schwiegervater hatte mich vor einiger Zeit gefragt, ob ich keine Lust hätte, im Büro zu arbeiten. Ich wäre doch nicht blöd und hätte so bessere berufliche Aussichten. Klar hatte ich Lust. Ich fing dann in der Personalabteilung an. Dort arbeiteten zwei Kolleginnen, mit denen ich mich auf Anhieb gut verstand. Sie kannten mich ja auch schon aus dem Betrieb. In dem Unternehmen waren um die 200 Mitarbeiter und ungefähr 50 Heimarbeiter beschäftigt. Es gab noch keine Computer und bei den zu der Zeit gängigen technischen Hilfsmitteln waren wir zu dritt vollauf beschäftigt. Später wurden die ersten Computer angeschafft und ich war von Anfang an bei der Einarbeitung dabei. Dann ließ

ich mich auch noch in die Finanzbuchhaltung ein-
arbeiten. So hatte ich zwar keine Lehre gemacht,
war aber kaufmännisch mit der Zeit trotzdem fit.

37.

Unsere Vermieter wurden allmählich zu alt, um
sich um alles zu kümmern. Da sie keine Kinder
hatten, wollten sie die "Mäuseburg" verkaufen.
Jupp hatte sich überlegt, das Haus selbst zu kaufen, was er auch tat.
Mani ließ es sich nicht anmerken, aber er war wohl
neidisch auf Jupp. Der war selbstständig und hatte
jetzt auch noch ein eigenes Haus. All das, was er
sich selbst mit seinen Eskapaden verbaut hatte.
Er wurde immer mürrischer und bekam wegen
Kleinigkeiten mit allen möglichen Leuten Streit.
Natürlich musste ich auch wieder darunter leiden.
Mani fing wieder an, während der Arbeit zu trin-
ken. Er bekam deshalb immer öfter Krach mit
Jupp, der drohte, ihm zu kündigen. Irgendwann
hatte Jupp die Nase voll und schmiss ihn raus.
Mani wurde immer aggressiver. Er hatte keine
Hemmungen mehr und schlug mich, wann immer
es ihm in den Kram passte.
Jupp und Sophie bekamen allerdings eine Menge
und Jupp nahm sich Mani zur Brust. Mani wurde
ziemlich kleinlaut, aber ich glaube nur, weil Jupp

ihm körperlich mindestens ebenbürtig, wenn nicht überlegen war. Er versprach Besserung - ein Witz!! Auch ich hatte mit den beiden gesprochen. Sie redeten mir ins Gewissen, dass ich mich bei weiteren Attacken von Mani trennen sollte. Ich müßte auch an Lisa denken. Er hatte sie zwar nie angefasst, aber was wäre, wenn sie mal dazwischen ginge? Das wollte ich mir gar nicht vorstellen!

38.

Dann schlug Mani über die Stränge. Es waren Ferien und Lisa war bei Opa 2, Vera und meinen Geschwistern.

Mani prügelte mich im Suff quer durch die Wohnung. Ich hoffte, dass uns jemand hörte und die Polizei rief. Ich war mutig geworden und wehrte mich. Das machte ihn noch wütender und er hörte nicht auf, auf mich einzuschlagen. Jupp rief tatsächlich die Polizei, brach dann unsere Wohnungstür auf und hielt Mani fest, bis die Polizei da war. Die nahm ihn mit und fragte mich, ob ich Anzeige erstatten wolle. Sie würden ihn diese Nacht in Gewahrsam nehmen und ich sollte am nächsten Tag zur Wache kommen. Ich sagte erstmal gar nichts und wollte nur meine Ruhe haben.

Natürlich konnte ich wieder nicht arbeiten und meldete mich krank. Sophie brachte Lisa in die

Schule und dann setzte ich mich mit den beiden zusammen.

"So geht das nicht weiter mit euch. Du machst dich kaputt, wenn du mit Mani zusammenbleibst. Zeig ihn an und trenn dich von ihm!"

Ich weinte. "Das kann ich nicht. Wo soll ich denn hin? Er läßt mich doch nicht in Ruhe?"

"Dafür werde ich schon sorgen." sagte Jupp. "Wir helfen dir. Wenn du jetzt stark genug bist und dich von ihm trennst, kriegt er Hausverbot und kommt nicht mehr an dich ran."

"Meint ihr wirklich, das sollte ich machen? Aber wo soll er denn hin?" Das war wieder typisch für mich!

Beide redeten jetzt auf mich ein. "Du bist verrückt! Du mußt jetzt an dich und Lisa denken. Mach Schluß!"

Sie hatten ja recht.

39.

Ich erstattete keine Anzeige. Nachdem Mani von der Polizei entlassen wurde und vor der Tür stand, war Jupp dabei. Er sagte Mani, dass er seine Sachen packen und verschwinden sollte. Mani entschuldigte sich, bettelte und weinte. Ich durfte jetzt nicht weich werden!

"Ich will, dass du gehst! Ich zeige dich nicht an, aber verschwinde! Ich lasse mich scheiden!"

Ich drehte mich um und ging aus unserer Wohnung zu Sophie. Dort beruhigte ich mich erstmal bei einer Tasse Kaffee.

Mani packte seine Sachen und ging. Jupp sagte mir später, er wollte mit seinem Vater sprechen und hoffte, dass er bei seinen Eltern wohnen konnte.

Und so kam es. Mani wohnte wieder zu Hause und fing auch wieder bei seinem Vater in der Firma zu arbeiten an. Es war für uns beide nicht besonders angenehm; aber die Kollegen hatten nicht viel mitbekommen und wir hatten nur erzählt, dass wir uns getrennt hätten. Nähere Einzelheiten gingen keinen was an. Wir mussten uns Gott sei Dank nicht dauernd über den Weg laufen; er in der Produktion und ich im Büro. Unser Verhältnis beschränkte sich auf die Arbeit und das klappte sogar.

Ich hatte die Scheidung eingereicht. Da Mani mit allem einverstanden war und die Schuld auf sich nahm, ging das ziemlich schnell. Mit einem Gerichtstermin ging alles über die Bühne.

Ich informierte auch meine Familie von der Scheidung; über die tatsächlichen Gründe ließ ich mich aber nicht aus. Papa war auch niemand, der nachbohrte. Sonst wäre ich vielleicht umgefallen und hätte alles erzählt.

In der "Mäuseburg" wurde eine kleinere Wohnung frei, in die ich mit Lisa einzog. Es war zwar nur ein Umzug innerhalb des Hauses; aber trotzdem ein

Neuanfang. Langsam zog Normalität in mein Leben ein und ich wurde wieder ruhiger.

Bei Lisa wurde in dieser Zeit eine chronische Bronchitis festgestellt. Der Arzt riet uns zur Kur. Da ich aber arbeiten musste und sie nicht begleiten konnte, fuhr sie im September allein für 6 Wochen in eine Kinder-Kurklinik am Feldberg im Schwarzwald. Das war das erste Mal, dass wir so lange getrennt waren. Ich hoffte nur, sie hatte nicht zu viel Heimweh.

Lisa hatte, genau wie ich als Kind, einige Kilos zuviel und musste jetzt in der Kur eine Diät einhalten. Das fiel ihr ganz schön schwer. Sie schrieb mir regelmäßig Briefe; erzählte von ihrem Tagesablauf, ihren Erlebnissen und auch, was ich ihr schicken durfte (Süßigkeiten u.a.) Ich denke, dass ihr diese Kur und der Abstand von uns in der Zeit auch gut getan hat; wenn sie das auch anders sah.

40.

Die Zeit verging und ich traf mich wieder öfter mit Mani. Einerseits wollte er seine Tochter sehen; andererseits kamen auch wir uns wieder näher. Nach einer Weile lagen wir uns in den Armen. Ich liebte ihn immer noch und ich glaube, ihm ging es auch nicht anders. Wenn ich heute die Briefe lese, die er mir in der Zeit schrieb, **MUSS** er mich doch geliebt haben. Er versprach mir, nicht mehr zu trinken, was er dann offensichtlich einhielt.

Da er in der "Mäuseburg" Hausverbot hatte, trafen wir uns bei seinen Eltern oder in der freien Natur. Mani hatte mir, nachdem der Käfer den Geist aufgegeben hatte, einen gebrauchten Opel Rekord besorgt. Der Wagen war doch ein Stück größer und bequemer. Wir verbrachten viel Zeit darin. Wir fuhren in der näheren Umgebung an einsame Stellen, wo wir lange, lange Gespräche führten und uns wieder und wieder liebten. Es war alles so intensiv und ehrlich. Ich brauchte ihn und wollte ihn wiederhaben.

Ich setzte mich mit Jupp und Sophie zusammen und bat sie, das Hausverbot aufzuheben. Sie waren zuerst dagegen; dann bestand Jupp darauf, dass das nur in Frage kommt, wenn Mani keinen Alkohol mehr trinkt. Wir führten dann noch einmal ein gemeinsames Gespräch zu viert, nach dem Jupp mir im Vertrauen sagte, dass er an Mani glauben würde, mir aber bei Problemen jederzeit zur Hilfe käme.

Dann bot Jupp uns an, in eine größere Wohnung mit eigener Terasse in der "Mäuseburg" umzuziehen. Das Angebot nahmen wir an und waren erst einmal einige Monate mit der Renovierung dieser Wohnung beschäftigt.

Während dieser Zeit war ein weiteres Strafverfahren gegen Mani anhängig. Er hatte gegen die Bewährungsauflagen verstossen (Fahren unter Alkohol und ohne Führerschein und Körperverletzung aus einer Zeit, als er abends mit seinen Kumpeln unterwegs war) Er musste mit einer Gefängnisstrafe rechnen. Die Gerichtsverhandlung kam und Mani wurde zu 8 1/2 Monaten Haft verurteilt. Die Haftstrafe sollte er im April 1982 antreten.

41.

Aufgrund seiner schweren Herzkrankheit entschied sich mein Schwiegervater, sein Unternehmen zu verkaufen. Er hatte damit abgeschlossen, dass einer seiner Söhne in seine Fußstapfen treten würde. Der Verkauf kam zustande und Franz nahm schweren Herzens Abschied. Naürlich wollte er mit Maria auch nicht mehr in der Firmenvilla bleiben, sondern ein kleineres Haus auf dem Lande kaufen. Die nächsten Monate befassten sie sich mit der Suche.

Ende 1981 zog Mani im Zuge meines Umzugs wieder zu uns und machte mir einen Heiratsantrag. Ganz romantisch. Nachdem ich an einem Abend Lisa ins Bett gebracht hatte und ins Wohnzimmer kam, hatte Mani ganz viele Kerzen angezündet, Rosenblätter verteilt und sah mich nun mit einem Blick an, der Eisberge (und mich) schmelzen ließ. Oh Mann, das konnte er ja schon immer gut!!

"Ich liebe dich heute mehr denn je. Du hast so viel mitgemacht und leiden müssen. Trotzdem hast du lange zu mir gehalten. Das weiss ich erst seit der Zeit zu schätzen, die ich ohne dich verbringen mußte. Ich brauche dich, euch beide. Ich will nie wieder rückfällig werden. Nie wieder Alkohol. Ich habe so viel Scheisse gebaut. Es wird alles besser, das schwöre ich!"

Wir heirateten noch einmal --- Es gab keine Feier; wir heirateten standesamtlich und nur meine Schwiegermutter und meine älteste Schwester waren als Trauzeugen anwesend. Nach der Zeremonie holten wir Lisa von der Schule ab. Sie freute sich, ihren Papa wieder zu haben.

Weihnachten kam; das schönste Weihnachten seit vielen Jahren. Wir fühlten uns in der neuen Wohnung sehr wohl. Zusammen schmückten und dekorierten wir die Räume. Zu Silvester hatten wir natürlich jeder besondere Wünsche für das neue Jahr.

Im März 1982 ging Lisa zur Kommunion. Es wurde eine schöne Familienfeier, so wie ich es mir vorgestellt hatte. Dank der großen Wohnung hatten wir genug Platz, um die ganze Familie einzuladen. Da waren meine Schwestern mit ihren Freunden, Papa mit Vera und deren Kindern und meine Schwiegereltern. Mein Schwager war mit seiner Familie nicht da, weil er am Bodensee lebte und nur noch sehr selten nach Hause kam. Es war alles im allem sehr harmonisch und Lisa kam voll auf ihre Kosten und genoss ihren grossen Tag.

42.

Im April mußte Mani die Haftstrafe antreten, und zwar in der JVA Hövelhof bei Paderborn. Er konnte dort als Freigänger in einem Sägewerk arbeiten. Jede Woche schrieb er mir einen langen Liebesbrief, in denen er mir beteuerte, dass er mit uns ein neues Leben anfangen wolle.

Ich bekam alle 14 Tage eine Besuchserlaubnis und fuhr dann mit einem Fresspaket dorthin. Ich brachte ihm die Dinge, die er dort nicht bekam. Nach zwei Monaten bekam er den ersten Hafturlaub und durfte uns am Wochenende besuchen. Die Stunden verliefen besonders schön, wofür er sich auch in seinen Briefen immer sofort bedankte.

In den nachfolgenden kurzen Auszügen aus diesen, oft seitenlangen Briefen wird vielleicht ein wenig deutig, warum ich ihn liebte und auch die Hoffnung auf ein besseres Leben noch nicht aufgegeben hatte:

21.04.1982
Mein lieber Schatz, meine liebe Tochter! Mein Herz und mein Sonnenschein!

Ich mußte mich ganz schön zusammenreißen, als wir uns verabschiedet haben. Ich kann euch leider nur schreiben, wie sehr ich euch liebe und an euch hänge. Mäuschen, melde dich bitte, wenn etwas ist.

02.05.1982
Mein geliebtes Herz!!
Ich vermisse dich sehr. Bei den Neuzugängen waren ein paar schräge Typen dabei aber Gottseidank habe ich gelernt , mich zu wehren; man wird etwas abgebrühter. Jedenfalls versuche ich so zu bleiben, wie ich bin; ich liebe dich, Mäuschen. Man macht sich so viele Gedanken. Bringst du mir bei eurem Besuch ein Schnitzel mit? Du weißt, so wie du das machst, esse ich es am liebsten.
Eure Bilder habe im am Fußende von meinem Bett festgeklebt. So kann ich euch im Liegen immer sehen. Läßt man dich in Ruhe und belästigt dich auch nicht, mein Obermäuschen?

03.05.1982
Hallo Schatz!
Wenn doch bloß die Zeit schneller verginge! Aber wenn wir zusammen sind, geht alles viel zu schnell. Ich habe mich richtig an dich und Lisa gewöhnt; das merkt man nur erst, wenn man nicht zusammen ist.
In ewiger Liebe und Treue
Dein dich liebender Mann bis in den <u>Tod.</u>

06.05.1982 (nach dem ersten Besuchstermin)
Liebes Herz!
Hast du dich wieder beruhigt? Sei mir nicht böse, aber ich mache mir doch Sorgen. Warum schreibst du mir nicht, was du nach Feierabend so machst? Hat man dich schonmal angemacht? Sag mir ja Bescheid, du hast es mir versprochen. Du kannst dir gar nicht vorstellen, wie schlimm es sein kann, wenn man sich Sorgen um seine Familie macht und man kann überhaupt nichts machen. Ich traue dir ja, aber die Entfernung und die Zeit der Trennung tut verdammt weh. Man spinnt sich manchmal richtig was zusammen. Was meinst du, wie viele Beziehungen hier nach draußen kaputt gehen, wo vorher alles in Ordnung war. Ich mache mir echt Sorgen, mein Schatz!

09.05.1982
Mein geliebtes Mäuschen!
Durch mein gutes Verhalten und meine Arbeit als Friseur bin ich jetzt als Freigänger eingestuft. D.h., dass ich euch 2 Tage im Monat besuchen darf.
Ist zu Hause alles klar? Mach bitte keinen Unsinn und wenn du mich betrügen solltest, <u>schreib und bitte komm nicht mehr!</u> Ich hoffe nur, dass es nicht so ist. Ich liebe dich und vertraue dir.

17.05.1982
Mein Liebling!
Das, was mal wieder geredet wurde, hat mir sehr weh getan. Trotzdem danke ich dir, dass du es mir geschrie-

ben hast. Warum lassen mich die Leute nicht endlich in Ruhe? Es geht mir seelisch sowieso nicht so gut, aber durch solche Lügen und gemeine Reden lasse ich mich nicht kaputt machen!

Mir fällt so langsam die Decke auf den Kopf. Mein Liebling, lass dich bloss nicht durch dummes Gerede verrückt machen. Ich weiss, dass du es nicht leicht hast. Aber es tut verdammt weh, wenn ich spüre, dass man in unsere Liebe wieder Salz streuen will und ich mit gebundenen Händen hier sitze.

03.06.1982

Mein geliebtes Herz!

Werden deine Briefe jetzt langsam immer kürzer???

Viel, die hier länger sind, behaupten, dass nach ein paar Monaten haft die Beziehung und das Verlangen von zu Hause aus abflacht. und man findet die Menschen nicht wieder so vor, wie man sie verlassen hat. Da muss wohl was dran sein. Sollte dein kurzer Brief schon der Anfang sein?

Seid ganz lieb umarmt und geküßt und ein zärtliches Löffelchen für dich alleine, dein Mann.

07.06.1982

Mein geliebtes Löffelchen!

Entschuldige bitte, dass ich dir weh getan habe, aber ich fühle mich im Moment gar nicht gut. Ich kann nur sagen, wenn du das Gleiche empfindest wie ich, kann uns nichts passieren.

Mein Schatz, bleib so wie du bist und vergiss mich nicht. Ich habe jetzt hier erstmal gemerkt, was es heuißt, einen Menschen nicht nur einfach zu begehren, sondern wenn man einfach nichts mit sich anzufangen weiss und man imm leerer innerlich und einsamer wird. Ich möchte keine andere Frau mehr haben!

Und so weiter und so weiter. Es waren gute Briefe und sicherlich auch ehrlich gemeint. Er schrieb auch Lisa ganz liebe Briefe und beschwerte sich dann machmal bei mir, dass sie ihm nicht genauso oft schrieb. Aber sie war 10 Jahre und hatte (Gott sei Dank) andere Sachen im Kopf.

Während meiner Besuche und seine Stipvisiten draussen hatten wir sehr gute Gespräche und ich war voller Hoffnung, dass er sein neues Leben nach dem Knast in den Griff bekommt. Nach 2/3 der Strafe wurde Mani im September wegen guter Führung entlassen.

43.

Er begann wieder in der ehemaligen Firma seines Vaters zu arbeiten. Er konnte da wieder anfangen, wo er vor seiner Haft aufgehört hatte. War nicht schön, aber immerhin ein Anfang. Franz hatte Hern Hoffmann, dem neuen Chef und sein Nachfolger, einiges von seinen persönlichen Sorgen, die Mani betrafen, erzählt.

Ich hatte auch unter dem neuen Chef einen guten Job und fühlte mich bei meiner Büroarbeit wohl. Wir hatten uns sofort gut verstanden. Jetzt musste ich allerdings aufpassen, dass das Verhältnis zwischen mir und Herrn Hoffmann nicht zu vertraut wurde. Er war einfach jemand, der zuhörte und dem ich mich anvertrauen konnte. Ich wollte nichts von Herrn Hoffmann; er war 47 Jahre und sehr attraktiv. Aber er hatte Familie und ich denke, auf eine Affäre waren wir beide nicht aus.

Von diesen vertraulichen Gesprächen durfte Mani aber nie erfahren, denn eifersüchtig war er immer noch auf alle Männer, die ich ansah oder die mir mehr als einen Blick schenkten. Wahrscheinlich hätte er einen Vertrauensbruch gesehen und das wollte ich nicht riskieren.

Mani war nicht aggressiv und wir vestanden uns gut. Über Probleme konnten wir reden. Alkohol war tabu. Wir führten endlich ein richtig "normales" Familienleben. Mani war abends fast immer zu Hause. Unser Sexleben war schön wie eh und je. Aber im Hinterkopf blieb immer die Angst und der Gedanke, dass irgenein dummes Ereignis alles wieder zunichte machen könnte.

Inzwischen waren meine Schwiegereltern bei ihrer Haussuche erfolgreich. Sie kauften über einen Bauträger einen neu fertiggestellten Bungalow mit Einliegerwohnung auf dem Land. Das Haus lag an einem Hang, sodass die Einliegerwohnung nach

hinten heraus eine riesige Fensterfront einschließlich Terasse hatte. Das Dorf hatte zwei Hotels, eine
Kneipe mit Pommesbude und einen Ponyhof (für
Lisa das Größte!). Es gab keinerlei Geschäfte. Man
war auf das Auto angewiesen oder musste mit
dem Bus in den nächsten Ort (6 km entfernt) fahren. Einmal pro Woche kam ein fahrbarer "Tante-
Emma-Laden" vorbei, an dem man Kleinigkeiten,
die man vergessen hatte, kaufen konnte.
Wir sahen uns das Haus und die Umgebung an
und uns gefiel alles sehr gut. Bei einem sonntägli-
chen Mittagessen in dem Hotel angeschlossenen
Restaurant fragte uns dann Franz, ob wir uns vorstellen könnten, mit in das Haus einzuziehen. Sie
seien ja nicht mehr die Jüngsten und wir könnten
uns gegenseitig unterstützen. Außerdem sollten
wir dann später das Haus übernehmen. Wir fuhren nach Hause und diskutierten lange über die
Vor- und Nachteile. Letzten Endes waren wir einverstanden und teilten das Franz und Maria bei
unserem nächsten Besuch mit. Grosser Fehler!!

44.

Anfang 1983 zogen wir aus der "Mäuseburg" aus.
Die Einliegerwohnung war sehr schön mit einem
tollen Ausblick über die Landschaft. Franz ließ uns
eine Küche maßgefertigt einbauen, die ich mir

vorher ausgesucht hatte. Auch alles andere wie Wände und Böden, Badeinrichtung brauchte ich nur aussuchen. Alles wurde durch Handwerker nach meinen Wünschen fertig gestellt. Hier ließ mir auch Mani völlig freie Hand. Er sagte, dass er meinem Geschmack voll vertrauen würde. Das war schon Luxus, nachdem bisher unsere Wohnungen ziemlich alt waren und wir in die jeweiligen Renovierungen viel Arbeit gesteckt hatten.

Ich wünschte mir eine neue, moderne Einrichtung für unser Wohn- und Schlafzimmer. Das bedeutete aber auch Kosten. Da Mani sein Konto schon bis zum Anschlag überzogen und ich auch nichts gespart hatte, nahmen wir einen Kredit auf. (Den ich dann auch Anfang bis Ende allein zurückzahlen musste.)

Wir lebten uns gut ein. Die "Mäuseburg" war nur 3 km entfernt und so besuchten wir unsere alten Bekannten regelmäßig. Lisa ging jetzt zur Realschule in der nächstgrößeren Stadt. Sie fuhr mit dem Schulbus und kam manchmal erst am späten Nachmittag nach Hause. Nach den Hausaufgaben war sie dann meistens in den Ställen bei den Ponys. Da meine Schwiegereltern jetzt beide zu Hause waren, konnten sie sich nach der Schule um Lisa kümmern, einschließlich der Hausaufgaben. Das war mir eine große Hilfe. Franz war auch tagsüber da und konnte so besser auf Maria aufpassen. Manchmal trank sie zwar trotzdem; aber das hielt sich in Grenzen und Franz sorgte dafür, dass Lisa möglichst nichts mitbekam.

Mani machte mir immer wieder Liebeserklärungen; ich empfand diese Zeit als sehr schön. Er gab mir sogar schriftlich (Überschrift: "Eidesstattliche Versicherung"), dass er nie wieder Alkohol trinken und sich bei Missachtung sofort von mir trennen würde. Dazu hatte ich ihn nie aufgefordert; er wollte mir so seine Liebe beweisen.

45.

In den Sommerferien verbrachten wir 3 Wochen (ohne Schwiegereltern) in dem Wohnwagen an der Möhne. Mani wollte den Segelschein machen und hatte daher jeden Tag Unterricht in der ansässigen Segelschule. Ich entspannte in der Zeit, las viel und unterhielt mich mit den Frauen der anderen Camper über dies und das. Lisa hatte Freunde gefunden und war die meiste Zeit auf Tour.

Dann kam der Prüfungstag und Mani war richtig nervös. Wie nicht anders erwartet, bestand er die Prüfung. Danach saß er noch mit den anderen Prüflingen zusammen. Abends kam er zum Wohnwagen zurück - mit einer Bierfahne!

Was immer ihn auch geritten hatte; ich bin sicher, das war der erste Alkohol seit unserer zweiten Heirat. Ich war fix und fertig. Er schwor mir, dass

dieses eine Bier nur zum Anstossen und eine Aus-
nahme gewesen sei und ich ihm verzeihen sollte.

Er flehte mich auf Knien an, ihn jetzt nicht zu verlassen. Sonst würde er wieder rückfällig werden.
Das war schon wieder eine halbe Erpressung. Ich
hätte sofort einen Schlussstrich ziehen sollen. Aber
natürlich verzieh ich ihm wieder. Wir verbrachten
dort die letzten Ferientage, ohne dass das noch
einmal ein Thema gewesen wäre. Dann waren die
Ferien zu Ende und wir fuhren nach Hause.

46.

Nach den Ferien fingen wir beide wieder an zu
arbeiten. Manis Stimmung wurde von Tag zu Tag
schlechter; er war wieder launisch und machte
mich wegen jeder Kleinigkeit an. Er fing wieder
an, während der Arbeit heimlich zu trinken. Das
war natürlich nicht so einfach wie seinerzeit in der
Schleiferei und blieb auch den Kollegen am
Arbeitsplatz nicht verborgen.

Herr Hoffmann sah sich das eine Weile an. Er
nahm sowohl mich als auch Mani ins Gebet. Er
könne keine Ausnahmen machen und wenn Mani
das Trinken am Arbeitsplatz nicht ließe, müsse er
gehen. Leider sah Mani das gar nicht ein. Er wurde
wieder laut und sagte: "Ich lasse mir doch von Ihnen keine Vorschriften machen. Lassen Sie mich in

Ruhe. Und wenn Ihnen das nicht passt, dann gehe ich eben!" Er ging aus dem Büro und knallte die Tür hinter sich zu.

Herr Hoffmann legte seinen Arm auf meine Schultern und sagte: "Es tut mir so leid, dass Mani wieder das Trinken angefangen hat. Ich fürchte, ich kann ihn da auch nicht aufhalten. Dann muss er aber mit den Konsequenzen leben. Ich kann ihn nicht mehr schützen. Ich möchte Sie aber nicht verlieren. Also passen Sie auf sich auf und überlegen Sie sich, ob Sie mit einem Trinker und Schläger zusammen bleiben wollen."

"Ich weiss doch auch nicht mehr, was ich noch machen soll. Es tut ihm jedes Mal leid, wenn er wieder nüchtern ist. Er weiss auch, dass er krank ist. Aber er kommt einfach aus diesem Kreislauf nicht raus. Ich glaube, ich bin die Einzige, die ihm helfen kann. Ich will ihn nicht hängen lassen!" Vor Verzweifelung musste ich heulen und ließ mich trösten.

Mani hatte sich inzwischen geduscht und umgezogen und wartete draussen auf mich.

"Der hat sie doch nicht alle! Mein Vater war hier schließlich mal der Chef. Dann können mich eben alle mal am Arsch lecken. Ich bin auf die nicht angewiesen." Er war wütend und schimpfte vor sich hin. Ich hielt mich zurück, um ihn nicht zu provozieren.

"Setz mich bei "Willy´s" ab und fahr nach Hause. Ich rufe dich an, wenn du mich abholen kannst."

Klar, er hatte keinen Führerschein, ich das Auto, also war ich sein Chauffeur.

Dann fing das an, was in den kommenden Wochen und Monaten zur Regel wurde: Ich fuhr nach meiner Arbeit gegen 17 Uhr nach Hause, machte das Abendessen, aß mit Lisa, die dann so gegen 20 Uhr ins Bett ging. Dann wartete ich auf den Anruf, dass ich meinen betrunkenen Gatten in seiner Kneipe abholen konnte.

47.

Am nächsten Tag nahm ich ihn morgens mit in die Stadt. Allerdings nicht zur Arbeit, sondern ich setzte ihn beim Arbeitsamt ab. Dann fuhr ich ins Büro und wartete, dass sich Mani bei mir meldete. Er kam dann nach zwei Stunden und gab mir seine Arbeitslosengeldbescheinigung. Da ich ja selbst im Lohnbüro arbeitete, konnte ich sie auch direkt ausfüllen.

Da er nicht bereit war, weiter für Herrn Hoffmann zu arbeiten, hatte ich diesen gebeten, Mani eine schriftliche, fristgerechte Kündigung zu geben. Herr Hoffmann tat mir den Gefallen; Mani bekam beim Arbeitsamt so keine Sperre und hatte dann wenigstens Anspruch auf Arbeitslosengeld. Da ich ganz gut verdiente, war das kein Problem.

Allerdings machte Mani keine Anstalten, sich eine neue Arbeit zu suchen. Ganz im Gegenteil! Er verfiel dem Alkohol immer mehr! Das sah so aus, dass ich ihn morgens um 7 Uhr mit in die Stadt nahm, dort an einem Kiosk absetzte, in dem er dann die Tage verbrachte, mit viel Alkohol und anderen Säufern. Sie fingen schon morgens an, sich den Korn reinzuschütten. Seine Kumpels waren jetzt die Penner von der Straße. Entweder versank er in Selbstmitleid oder war aufgeladen und aggressiv. Ich nahm ihn dann meistens mit nach Hause, wenn ich Feierabend hatte. Ich war schon froh, wenn er ruhig und einfach nur müde war. Dann legte er sich auf das Sofa oder ging direkt ins Bett, um seinen Rausch auszuschlafen.

Seine Eltern bekamen das natürlich mit, waren aber genauso hilflos wie ich. Tenor: "Er ist doch unser Sohn!" (Ja, wahrscheinlich mit den Genen seiner Mutter!)

Ich versuchte, Lisa möglichst davon fernzuhalten. Sie hatte viele Freiheiten, die ich unter normalen Umständen nicht zugelassen hätte. Ich war froh, wenn sie nebenan bei ihrer Freundin oder am Ponyhof war. Sie liebte die Ponys und half gerne in den Ställen. Im Gegenzug durfte sie dann reiten. Ich glaube schon, dass Lisa einiges mitbekam; wir sprachen aber nicht darüber.

Im Nachhinein denke ich, das Schlimmste war, dass ich nichts unternahm. Ich ließ alles so laufen.

Wahrscheinlich war ich zu bequem, mein Kind zu nehmen und zu gehen. Ihn konnte ich ja nicht hinauswerfen; wir lebten schließlich im Hause seiner Eltern, die das nicht zugelassen hätten.

48.

Mir ging es immer schlechter. Mir war oft übel; ich konnte nichts essen; und diese andauernden Kopfschmerzen. Sowohl Herr Hoffmann als auch meine Arbeitskollegen wussten Bescheid. Ich musste in dieser Zeit einfach mit jemandem reden und ich hatte eine liebe, verständnisvolle Kollegin, bei der ich mich ausheulen konnte. Nun redeten sie mir gut zu, dass ich einen Schlussstrich ziehen und mich von ihm trennen müsse.

Inzwischen fuhr Mani nicht mehr mit mir nach Hause. Wenn er genug hatte, rief er mich abends oder nachts aus irgendeiner Kneipe an, aus der ich ihn dann abholen musste. Es gab keinen Widerspruch, sonst knallte es. Er war so krank, so kaputt! Das war kein Leben mehr. Ich weiß heute nicht mehr, woher ich die Kraft nahm, das immer weiter auszuhalten.

Weihnachten war immer ein besonderes Familienfest. Wie ich es früher von zu Hause kannte, versuchte ich, den Heiligabend besonders schön zu gestalten. Dabei kamen natürlich immer wieder besondere Gedanken an meine Mama auf. Ich schmückte mit Lisa den Weihnachtsbaum, verpackte mit Liebe die Geschenke und ließ mir zum Essen etwas Besonderes einfallen.

In diesem Jahr waren meine Schwiegereltern über Weihnachten zu ihrem Sohn Armin und dessen Familie gefahren. Armin hatte nach seinem Studium einen guten Job bekommen, geheiratet und war in ein kleines Häuschen am Bodensee gezogen. Nun wollte er seine Eltern natürlich auch mal dort haben und ihnen alles zeigen.

Ich hatte so meine Vorahnungen und sah Weihnachten ängstlich entgegen. Am Nachmittag des Heiligen Abends ging Mani, trotz meiner Bitte, bei uns zu bleiben, aus dem Haus. Er versprach mir, zum Essen und zur Bescherung wieder da zu sein. Wider besseren Wissens glaubte ich ihm. Da er zu Fuß war und nie mit dem Bus in die Stadt fuhr, konnte er lediglich hier im Dorf bleiben. Aber es gab ja eine Kneipe, um den Alkoholpegel zu steigern und natürlich kam er nicht pünktlich nach Hause.

Also aß ich allein mit Lisa und auch die Bescherung fand ohne ihren Papa statt. Ich sagte ihr, dass er nur ein bisschen später käme und versuchte, sie mit ihren Geschenken und Spielen abzulenken. Ich hatte vor Frust und Enttäuschung richtige Magenschmerzen und die Stimmung war gedrückt. Lisa war schon im Bett, als er dann endlich volltrunken

auftauchte. Ich machte ihm dummerweise Vorwürfe und gab ihm damit einen Grund mich an-
zubrüllen und das von mir liebevoll bereitgestellte
Essen an die Wand zu klatschen. Wenigstens packte er mich nicht an. Frohe Weihnachten!

49.

Das Neue Jahr 1984 begann wie das Alte aufgehört
hatte. Ich ging wieder arbeiten und Lisa zur Schule. Ich nahm Mani weiterhin jeden Morgen mit in
die Stadt, setzte ihn am Kiosk ab und fuhr dann
weiter ins Büro. Manchmal fuhr er mit nach Hause, wenn ich Feierabend hatte, manchmal holte ich
ihn nachts aus irgendeiner Kneipe ab.
Anfang Fabruar war die Karnevalszeit und überall
in der Stadt war richtig viel los. Mir stand da absolut nicht der Sinn nach.
Einmal war Lisa zu einer Karnevalsparty bei
Freunden in der Stadt eingeladen. Ich sollte sie da
um 18.00 Uhr abholen. Mani bat mich, mit Lisa
noch zu ihm in die Kneipe zu kommen. Da würde
auch gefeiert; wir könnten noch 1-2 Gläser trinken
und dann gemeinsam nach Hause fahren. Also
machten wir das.
Schon beim Öffnen der Tür schlugen uns Lärm,
Gegröle und dieser widerliche Kneipengeruch entgegen. Mani schnappte sich Lisa und stellte sie

erstmal stolz seinen Kumpanen vor. Mir gefiel das gar nicht, aber nach einem Knuff in die Rippen hielt ich mich zurück. Ich versuchte, Mani zum Gehen zu überreden, aber es dauerte noch weitere zwei Stunden, bis er dann endlich mitfuhr. Lisa war inzwischen müde und wollte nach Hause. Sie fing schon an zu weinen, so dass ich sie tröstend in den Arm nahm und sie die Augen ein bisschen schließen konnte. Sie tat mir so leid, mit einem solchen Vater bestraft zu sein. Sie wurde im März 11 Jahre und bekam inzwischen doch so Einiges mit.

50.

Von allen Seiten redeten jetzt Freunde, Bekannte und Kollegen auf mich ein, ich sollte mit Mani Schluss machen. Ich könnte mir doch eine eigene Wohnung von meinem Gehalt leisten und hätte dann meine Ruhe. Sie sahen mir natürlich an, dass es mir nicht gut ging und Lisa sollte auch nicht unter der Situation leiden.

Wenn ich gegenüber Mani solche Andeutungen machte, dass ich mit Lisa gehen würde, reagierte er auf zweierlei Art, je nach Laune. Entweder drückte er auf die Tränendrüse, wie sehr er uns liebt, dass er uns braucht und ohne uns kaputt ginge. Oder er wurde wütend und drohte mir, dass er mich nicht gehen ließe, sonst würde etwas passieren. Ich hatte richtig Angst und damit war jetzt ein Stadium erreicht, mit dem ich nicht mehr leben konnte.

51.

Ich wollte ihm jetzt mal einen Denkzettel verpassen. Vielleicht war noch nicht alles verloren. Ich sprach mit meinen Schwiegereltern und sagte ihnen, dass ich ein paar Tage verschwinden wollte, ohne dass Mani wusste, wo ich war. Ich würde mich in einem Hotel in der Nähe einquartieren; wo, sagte ich nicht. Sie sollten sich in der Zeit um Lisa kümmern. Ihr sagte ich, dass ich ein paar Tage wegfahren müsste, mich aber melden würde. Ich versuchte, ihr meine Gründe mit einfachen Worten zu erklären, und sie war ja nicht blöd.

Gesagt, getan. Ich packte einen Koffer, den ich heimlich im Kofferraum verstaute, so dass Mani nichts merkte. Am nächsten Morgen fuhren wir wie immer in die Stadt. Allerdings fuhr ich nach Feierabend nicht nach Hause, sondern 20 km entfernt in ein Hotel. Es war ein ziemlich herunter gekommenes Hotel an einer Landstrasse. Dort nahm ich mir für ein paar Tage ein Zimmer. Nach drei Tagen rief ich bei meinen Schwiegereltern an. Mani war zu Hause. Erstmal sprach ich mit Franz.

"Wie geht es Lisa? Und was hat Mani gesagt? War er wütend?"

"Mit Lisa ist alles in Ordnung. Und Mani versteht die Welt nicht mehr. Vor allen Dingen kapiert er nicht, was das alles soll. Ich konnte ihm auch nicht klar machen, dass er mal darüber nachdenken soll, was er euch mit seiner Sauferei antut. Du musst selbst mit ihm sprechen."

"Dann gib ihn mir."

"Hallo! Was ist los mit dir? Warum machst du das." Er sagte das völlig ruhig.

"Ich wollte dich wachrütteln. Ich kann das nicht mehr ertragen. Mich macht es kaputt, das du so rücksichtslos bist. Du kannst doch nicht nur noch saufen, saufen, saufen. So geht das nicht weiter. Wenn du dich nicht änderst, gehe ich ganz mit Lisa weg."

"Lass uns bitte reden. Können wir uns treffen?" Das kam richtig bettelnd rüber.

"Gut. Wir treffen uns, aber nicht zu Hause. Komm morgen nachmittag in das Bistro neben der Firma." Er klang erleichtert. "Danke. Dann bis morgen. Ich liebe dich."

"Bis morgen." Mein Herz klopfte bis zum Hals. Ich dachte die ganze Nacht darüber nach, wie ich mich verhalten sollte. Ich konnte seinen Versprechen, die er mir sicher wieder geben würde, doch sowieso nicht glauben.

Als wir uns trafen sah er zwar übernächtigt aus, aber ansonsten sauber und gepflegt und vor allem nüchtern. Geht doch!

Ich machte ihm klar, dass ich so nicht weitermachen wollte. Er gab mir in allem Recht und versprach, wie erwartet, Besserung. Wir führten ein langes Gespräch. Am Ende sagte ich, dass ich morgen nach Hause käme. Er wollte sich wieder um Arbeit bemühen.

Ich kam nach Hause und wir hatten wieder mal eine wunderschöne Nacht. Mani klapperte in den nächsten Tagen einige Firmen ab. Leider ohne Erfolg. Nach dem, was er vorzuweisen hatte, wurde nicht gerade gesucht.

Irgendwann war er wieder so frustriert, dass er sich total volllaufen ließ. Er randalierte in einer Kneipe, und ich musste ihn dann bei der Polizeiwache abholen.

Damit war unser Schicksal besiegelt. Es würde sich nichts ändern. Alles ging wieder weiter wie vorher.

52.

Kurze Zeit später mußte ich von meinem Chef erfahren, dass er Konkurs angemeldet hatte. Da ich mit zwei Kolleginnen für die Lohn- und Finanzbuchhaltung zuständig war, brauchte er von uns die Geschäftszahlen für das Amtsgericht. Erstmal waren wir geschockt, aber dann kam soviel Arbeit auf uns zu, dass wir gar nicht zum Nachdenken kamen. Der Gedanke, dass wir unsere Arbeitsplätze verlieren würden, kam zu dem Zeitpunkt noch nicht auf.

Zwei Tage nach dem Konkursantrag stellte sich bei uns ein Rechtsanwalt Klaasen aus Dortmund vor. Er war vom Amtsgericht als Gutachter und sogenannter "Sequester" eingesetzt worden. Das hieß für uns, dass Herr Hoffmann ihm alle Geschäftsunterlagen vorlegen mußte. Außerdem durfte er ohne die Zustimmung dieses Rechtsanwaltes keine Entscheidungen mehr treffen. Herr Hoffmann berief eine Betriebsversammlung ein, in denen Rechtsanwalt Klaasen allen Mitarbeitern die Situation erklärte. Sie würden vorläufig weiter arbeiten und auch ihr Geld bekommen. Was langfristig geschehen würde, konnte er aber noch nicht sagen. Aufgrund der Situation hatte wir in der Buchhaltung letztendlich die meiste Arbeit, was sogar Überstunden bedeutete.

53.

Dann kam die Nacht, die alles veränderte.

Es war wieder mal soweit, dass Mani mich um 23.00 Uhr volltrunken anrief, ich sollte ihn abholen. Ich fuhr also los, parkte vor der Kneipe und ging hinein. Mani saß, wie meistens, mit einigen ebenfalls alkoholisierten Typen, die ich nicht näher kannte, am Tresen. Er wollte sein Glas noch leer trinken und bestellte mir eine Cola. Ich machte gute Miene zum bösen Spiel, lachte und ließ die dummen Scherze der anderen über mich ergehen.

Dann war Mani fertig und wir gingen zum Auto. Kaum war ich losgefahren, fingen die Schimpftiraden an:

"Wa sollte das? Warum machst du da mit anderen Männern rum? Gefiel dir da jemand? Machst denen schöne Augen wie ´ne Hure! Ich werde dir schon zeigen,was du davon hast!"

"Aber ich habe doch gar nichts gemacht. Ich wollte nur freundlich sein. Meinst du, mir gefällt das, mich mit deinen komischen Freunden zu amüsieren? Das ist ekelhaft!"

"Jetzt werde nicht noch frech, sonst knalle ich dir ein paar, du freches Stück!"

In dem Moment holte er von der Beifahrerseite aus und schlug mir ein paarmal ins Gesicht. Mein Kopf schleuderte hin und her und ich konnte nicht mehr fahren. Wir waren inzwischen auf der wenig befahrenen Landstraße auf dem Weg nach Hause. Es kamen gerade keine Autos und ich fuhr rechts an den Strassenrand.

Ich blutete, mein Gesicht war geschwollen, Nase und Augen blutunterlaufen. Er hörte nicht auf, auf mich einzuschlagen. Ich öffnete die Autotür bei laufendem Motor und drängte nach draussen. Dann stieg Mani auch aus und machte Anstalten, um das Auto auf mich zuzukommen. Ich nahm allen Mut zusammen, sprang ins Auto und fuhr los. Mani hielt sich an der Dachreling fest und wollte mich so zum Anhalten bringen. Aber ich fuhr so lange an und bremste wieder, bis er losließ. Dann startete ich durch. Ich fuhr nach Hause und klingelte Sturm bei meinen Schwiegereltern. Die öffneten mir ganz verschlafen und kriegten einen Riesenschreck, als sie mich sahen.

"Was ist passiert? Wo ist Mani? War er das?"

"Ja, das war euer feiner Sohn! Ich habe ihn aus dem Auto geworfen und bin losgefahren. Mir reicht es jetzt endgültig! Ich haue ab! Wenn er jetzt nach Hause kommt, bringt er mich um!"

"Aber was willst du denn machen? Wo willst du hin? Und was ist mit Lisa?"

"Lisa wird er nichts tun. Bitte kümmert euch um sie; dass sie morgen früh in die Schule kommt. Ich weiß noch nicht, was ich mache. Aber ich melde mich morgen bei euch."

54.

Dann setzte ich mich ins Auto und fuhr los. Erst einmal fuhr ich ziellos durch die Gegend. Dann hielt ich auf einem Feldweg und stellte den Motor ab. Jetzt brach alles aus mir heraus. Ich weinte und schrie gleichzeitig. Später saß ich still im Auto und dachte über mich und mein Leben nach. Was hatte ich denn getan? Womit hatte ich das verdient? Und wie sollte es weitergehen? Mit der Zeit wurde ich ruhiger und müder. Mir war zwar kalt, aber ich schlief dann wohl doch vor Erschöpfung für eine Weile ein.

Als es gegen 7.00 Uhr hell wurde, fuhr ich zu einer Telefonzelle (Handy gab es ja noch nicht) und rief bei meinen Schwiegereltern an.

"Mani ist, kurz nachdem du weg warst, nach Hause gekommen. Ich glaube, er war ziemlich ernüchtert; im wahrsten Sinne des Wortes. Er ist völlig zusammengebrochen und konnte nicht aufhören zu weinen. Wir haben versucht, mit ihm zu reden. Ihn gefragt, was in ihn gefahren ist. Aber es war kein vernünftiges Wort aus ihm herauszubekommen. Nur, dass es ihm schrecklich leid tut."

"Das kenne ich schon. Damit kommt er bei mir nicht mehr an. Aber was ist mit Lisa?"

"Mani hat bei ihr am Bett gesessen und sie in den Arm genommen. Da ist sie natürlich wach geworden und wollte wissen, was los ist. Wir haben ihr gesagt, dass du heute nicht zu Hause schläfst, dich morgen aber meldest. Sie ist jetzt aufgestanden und macht sich für die Schule fertig. Was sollen wir ihr denn sagen?"

"Sagt ihr, dass ich sie heute von der Schule abhole. Dann kann ich selbst mit ihr sprechen."

"Und was ist mit dir? Du kannst doch so nicht arbeiten. Geh jetzt erstmal zum Arzt."

"Ich rufe im Büro an und melde mich krank. Und dann fahre ich zum Arzt. Ich rufe später nochmal an."

Ich rief im Büro an und sagte, dass ich krank sei und jetzt zum Arzt ginge. Ich würde mich wieder melden.

Dann ging ich zum Auto und stellte fest, dass ich den Schlüssel hatte im Zündschloss stecken lassen. Bei den alten Autos war es noch möglich, die Tür-verriegelung manuell herunterzudrücken. Die Autos waren so verschlossen. Wie kam ich jetzt hinein? Ich konnte doch nirgendwo hin. Auf der gegenüberliegenden Seite befand sich eine Bushal-testelle. Ich wartete auf den nächsten Bus und sprach den Busfahrer an.

"Können Sie mir helfen? Ich habe mich ausgesperrt und komme nicht mehr in mein Auto. Ich muß aber dringend zum Arzt."

Der Busfahrer sah mich ziemlich erschrocken an; bei meinem Anblick nur allzu verständlich.

"Was kann ich für Sie tun? Soll ich Sie mitnehmen? Oder soll ich versuchen, die Fahrertür aufzukrie-gen?"

"Bitte versuchen Sie, die Tür zu öffnen. Ich komme dann schon klar."

Es gelang dem Busfahrer, die Tür mit einem Schraubenzieher zu öffnen. Das schien bei den alten Türschlössern leicht möglich zu sein. Aber gut, ich war froh, einsteigen und losfahren zu können. Ich war dem Busfahrer so dankbar.

55.

Ich fuhr zu meinem Hausarzt. Die Sprechstundenhilfe sah mich geschockt an.
"Was ist denn mit Ihnen passiert? Soll ich sehen, dass ich Sie dazwischen schiebe? Sie können im Behandlungszimmer warten. Dann müssen Sie sich nicht ins Wartezimmer setzen."
"Danke. Das ist nett. Bitte fragen Sie, ob ich schnell dran komme. Mir ist so schlecht. Außerdem brummt mir der Schädel."
10 Minuten später war der Arzt bei mir. Er sah mich an und bat mich, ich sollte mich auf die Liege legen.
"Was ist passiert?"
Ich schilderte ihm, was letzte Nacht geschehen war. Ich ließ nichts aus. Er schüttelte nur immer wieder erschüttert mit dem Kopf. Dann untersuchte er mich gründlich.
"Außer dem geschwollenen Auge haben Sie einen Nasenbeinbruch und eine leichte Gehirnerschütterung. Über den Rest brauchen wir nicht reden. Sie müssen sich jetzt unbedingt ausruhen. Ich schreibe Sie erst einmal für 2 Wochen krank, dann sehen wir weiter."

"Vielen Dank, Herr Doktor. Ich ruhe mich ganz bestimmt aus."

"Was ist mit Ihrem Mann? Wollen Sie ihn anzeigen? Ich werde Ihnen ein entsprechendes Attest ausstellen. Mit dem müßten Sie dann zur Polizei. Ich rate Ihnen unbedingt dazu, ehe noch mehr passiert."

"Danke für den Rat. Aber ich weiß noch nicht, was ich mache. Ich melde mich wieder bei Ihnen."

56.

Vom Arzt aus fuhr ich ins Büro. Es war mir total peinlich, so wie ich aussah. Ich ging direkt in mein Büro und sagte meinen beiden engsten Kolleginnen, was passiert war. Sie wussten schließlich, was mit Mani los war und hatten mich schon oft zur Trennung überreden wollen. Aber mit so etwas hatten sie nicht gerechnet und fragten mich, wie es jetzt weitergehen sollte. Ich gab die Krankmeldung ab und sagte, dass ich das im Moment selbst nicht wüsste.

Ich wollte aber auch noch mit Herrn Hoffmann sprechen. Da am 01.März das Konkursverfahren eröffnet worden war, hatte Herr Hoffmann jede Verfügungsbefugnis verloren und Herr Rechtsanwalt Klaasen fungierte sozusagen als Arbeitgeber. Dementsprechend saß er jetzt mit seinem Assistenten im Chefbüro. Herr Klaasen sah mich erschrocken an und führte mich gleich zu einem Stuhl.

"Was ist denn mit Ihnen passiert? Sie sehen ja schlimm aus."

Ich brach in Tränen aus. Er ließ mich ein paar Minuten in Ruhe. Ich glaube, er musste sich selbst erstmal sammeln, da er nichts von meinem Mann und den Zusammenhängen wusste.

Ich erzählte ihm die Geschichte in möglichst knappen Sätzen. Abschließend sagte ich ihm, dass ich nicht wüsste, wann ich wieder arbeiten könnte. Dann sollte er mich eben kündigen. Herr Klaasen wehrte aber sofort ab.

"Das kommt gar nicht in Frage. Ich habe Sie als sehr gute und vertrauenswürdige Mitarbeiterin kennengelernt und möchte Sie in dieser Phase nicht missen. Sie erholen sich in den nächsten 2 Wochen und dann sehen wir weiter."

"Aber ich weiß doch noch gar nicht, wie es weitergeht und was aus mir wird. Ich muß mich auch um meine Tochter kümmern."

"Das verstehe ich. Und nach Hause sollten Sie im Moment auch nicht gehen. Wissen Sie was? Ich habe durch ehemalige Mandanten Kontakt zu einem Frauenhaus. Ich könnte da anrufen. Vielleicht können Sie da erstmal zur Ruhe kommen. Wie wäre das?"

"Vielen Dank. Das ist eine gute Idee. Ich muß jetzt meine Tochter von der Schule abholen. Ich melde mich heute nachmittag bei Ihnen?"

"So machen wir das. Und machen Sie sich keine Sorgen. Ihren Arbeitsplatz verlieren Sie so schnell nicht."

Wie froh war ich, an einen so verständnisvollen uns hilfbereiten Menschen geraten zu sein.

57.

Ich fuhr zur Schule und holte Lisa ab. Ich erzählte ihr in wenigen Worten, was passiert war und dass ich im Moment nicht nach Hause wollte. Sie war ja schon ganz vernünftig und sagte, das ich mir um sie keine Sorgen machen sollte. Sie käme mit Oma und Opa schon klar, bis ich wüsste, wie es weitergehen sollte. Ich war froh, dass wir so miteinander reden konnten. Die ganzen Umstände und wie sie groß geworden war, hatten aus Lisa schon früh ein starkes Mädchen gemacht.

Ich brachte sie nach Hause. Gottseidank war Mani nicht da. Ich redete kurz mit Maria und Franz und erzählte ihnen, dass ich wahrscheinlich zunächst in ein Frauenhaus gehen würde, um Abstand zu bekommen.

"Ich weiß schließlich nicht, was Mani macht, wenn wir uns jetzt treffen. Ich habe keine Lust mehr auf Schläge und ich lasse mir nichts mehr gefallen. Ich muss mir in Ruhe überlegen, wie es weiter gehen soll und das kann ich nicht hier zu Hause."

"Das kann ich verstehen. Wir werden dich unterstützen, wo wir können. Was hast du denn mit Lisa vereinbart?"

"Lisa bleibt erstmal bei euch. Sie muss ja in die Schule. In einer Woche sind Osterferien. Ich hoffe, ich weiß dann mehr."

Ich ging in unsere Wohnung und packte ein paar Sachen zusammen. Ich verabschiedete mich und versprach, mich später zu melden.

Dann fuhr ich wieder in die Firma und ging direkt zu Herrn Klaasen. Er sagte mir, sein Mandant hätte ihm die Kontaktdaten für ein Frauenhaus ca. 25 km weiter weg gegeben. Dort anrufen musste ich aber selbst.

Das tat ich dann auch; mit dem Ergebnis, dass ich dort noch am selben Tag ein Zimmer beziehen konnte. Ich war Herrn Klaasen sehr dankbar und fragte natürlich, wie es mit meinem Job weitergehen sollte.

"Sie sind jetzt erstmal krankgeschrieben und kurieren sich aus. Wenn es Ihnen besser geht, rufen Sie mich an. Wir finden eine Lösung."

Ich bedankte mich und fuhr los.

58.

In dem Frauenhaus angekommen, wurde ich freundlich empfangen. Ich bekam ein Einzelzimmer zugewiesen und sollte mich hier von meinen Blessuren erholen.

Ich rief meine Schwiegereltern an und sagte ihnen, dass ich gut untergekommen sei. Sie sagten sofort, dass Mani auch da wäre und mit mir sprechen wollte. Ich sagte ihnen, dass ich das jetzt noch nicht könnte und selbst entscheiden würde, wann ich mit ihm spreche. Ich gab ihnen keine Adresse; niemand sollte hier Kontakt zu mir aufnehmen können.

Dann sprach ich kurz mit Lisa, die mir dann erzählte, dass Oma und Opa mir ihr in die Reiterferien fahren wollten. Ich sollte doch bitte, bitte einverstanden sein.

Natürlich war ich das. Ich konnte froh sein, dass Lisa so abgelenkt wurde und in den Ferien Spass haben konnte. Ich fragte Franz, ob sie mit Mani darüber gesprochen hätten. Er war wohl einverstanden. Er wollte zu Hause bleiben und versuchen, mit mir zu reden.

Wir verabredeten, dass ich mich in den nächsten Tagen wieder melden würde.

In der Nacht darauf wurde ich wach, weil mir total schlecht war. Mit war schwindelig und ich schaffte es nicht bis zum Bad. Ich übergab mich, sobald ich mich im Bett aufsetzte. Sofort kam jemand zu mir ins Zimmer und half mir, mich aufzurichten und sauberzumachen. Dann riefen sie den Notarzt. Der kam 10 Minuten später und untersuchte mich.

"Sie haben einen Kreislaufkollaps, Blutdruck 80 zu 40. Sofort ins Krankenhaus. Ich rufe einen Krankenwagen. Sie müssen unter Beobachtung bleiben."

Ich kam ins Krankenhaus und bekam eine Infusion. Am nächsten Tag ging es mir schon viel besser. Der Kreislauf stabilisierte sich. Ich verständigte meine Schwiegereltern und sagte ihnen, dass ich mich noch ein paar Tage erholen müsse. Ich blieb noch weitere vier Tage im Krankenhaus. In diesen Tagen telefonierte ich jeden Tag mit Lisa. Mit Mani hatte ich noch nicht gesprochen. Dann wurde ich entlassen. Jemand vom Frauenhaus holte mich ab.

Bei meinem nächsten Telefonat mit Franz schlug er mir vor, dass ich Lisa in den Reiterferien besuchen sollte. Ich hielt das für eine gute Idee, vorausgesetzt, Mani kam nicht. Ein paar Tage später fuhr ich zu dem Bauernhof, auf dem die drei Urlaub machten. Lisa fühlte sich dort sehr wohl. Sie zeigte mir alles und wir hatten ein schönes Wochenende.

Dort hatte ich ein Gespräch mit meinen Schwiegereltern. Ich sagte ihnen, dass ich jetzt endgültig die Scheidung einreichen würde. Außerdem müsste ich ausziehen, wenn Mani in der Wohnung bleiben würde; es sei denn, er bekäme Hausverbot und müsste anderswo unterkommen. Dann wäre ich bereit, zunächst zurückzukommen. Beide standen nun nicht mehr auf Seiten ihres Sohnes. Sie wollten, dass ich mit Lisa in der Wohnung bliebe und das wollten Sie Mani auch so sagen. Er sollte ausziehen. In den nächsten Tagen würden sie mit ihm sprechen und mich dann informieren.

Während dieser ganzen Zeit versuchte Mani nicht mehr, Kontakt mit mir aufzunehmen. Ich denke, er kapierte endlich, dass er mich verloren hatte.

59.

Nach dem Wochenende fuhr ich zur Firma, um noch einmal mit Herrn Klaasen zu sprechen. Er war in der Zeit fast täglich dort vor Ort; Herr Hoffmann war nicht mehr im Unternehmen. Der Betrieb wurde noch unter der Leitung von Herrn Klaasen als Konkursverwalter und einem seiner Mitarbeiter weitergeführt.

Herr Klaasen freute sich offensichtlich, mich zu sehen. Ich sah auch schon fast wieder "normal" aus. Er nahm sich Zeit für mich und ich erzählte ihm, wie es mir in den letzten zwei Wochen ergangen war.

Dann sagte er mir noch einmal eindringlich, dass er meine Arbeit schätzen und sich freuen würde, wenn ich möglichst schnell wiederkäme. Gerade in der Lohn- und Finanzbuchhaltung bräuchte er unbedingt Unterstützung. Ich sagte, dass ich mich natürlich freuen würde, wenn ich noch weiter für ihn arbeiten könnte. Und ich versprach, gleich am nächsten Tag wieder anzufangen.

Jetzt schrieb ich Mani einen langen Brief. Ich schrieb mir alles von der Seele, was ich ihm nicht direkt ins Gesicht sagen konnte. Ich schrieb ihm auch, dass er jetzt endgültig alle Chancen eines weiteren Zusammenlebens kaputt gemacht hätte. Ich würde mich scheiden lassen. Und er sollte aus unserer gemeinsamen Wohnung ausziehen, auch wenn sie im Haus seiner Eltern war. Ich schrieb, dass ich erst in die Wohnung zurückkäme, wenn er seine Sachen gepackt hätte.

Ich war noch nicht soweit, ihm gegenüber zu treten. Auch das schrieb ich ihm. Er sollte warten, bis ich dazu bereit wäre.

Mani schrieb mir dann zurück, dass es so laufen soll, wie ich will und er würde mir keine Probleme machen.

60.

Langsam wurde das Leben wieder normal. Ich wohnte allein mit Lisa in unserer Wohnung; sie ging nach den Ferien wieder zur Schule und ich hatte meine Arbeit in der Firma wieder aufgenommen.

Mani wohnte bei einem seiner Kumpel; aber das interessierte mich überhaupt nicht. Ich hatte meine Ruhe, konnte nachts ruhig schlafen und mich an den Wochenenden ausführlich mit Lisa beschäftigen.

Die weitergehende Arbeit für den Konkursverwalter machte mir großen Spass. Ich wurde in die Verfahrensabwicklung eingearbeitet und konnte bald einiges eigenständig erledigen. In dieser Phase nahm mich Herr Klaasen mit zu weiteren Firmen, die in Konkurs gingen. So erhielt ich in den nächsten Monaten weitere Einblicke in seine Arbeit.

61.

Im Sommer 1984 wurde ich geschieden. Ich hatte inzwischen einige Male mit Mani gesprochen. Komischerweise schien er jetzt öfter nüchtern zu sein. Ich nahm ihm das Versprechen ab, mich künftig in Ruhe zu lassen.

Bei der Scheidung verzichteten wir gegenseitig auf jegliche Ansprüche, was mich vor möglichen Unterhaltszahlungen oder Rentenansprüchen bewahrte. Ich war froh darüber, denn bei Manis Lebensweise wusste ich ja nicht, ob aus der Richtung mal was auf mich zukommen würde. Und das war gut so. Mir war klar, dass ich für Lisa und mich sorgen konnte; aber nicht wie die Zukunft von Mani aussah.

Mit meinem alten Leben sollte ab jetzt Schluss sein. Und wenn ich niemals mehr eine neue Liebe finden würde, dann war das eben so.

Ein weiterer Schritt in die neue Zukunft war das Angebot von Herrn Klaasen, mich fest einzustellen. Ich nahm das Angebot an. Ich bekam einen Arbeitsplatz im Dortmunder Büro.

Der nächste Schritt war ein Umzug nach Dortmund. Ich hatte nun von zu Hause jeden Tag einen Weg nach Dortmund zur Arbeit von 50 bis 60 Minuten. Außerdem wollte ich weg von allen Erinnerungen und neu anfangen. Nachdem ich mit Hilfe meiner Dortmunder Kollegen eine Wohnung in einem ruhigen Stadtteil von Dortmund gefunden hatte, zog ich im Dezember um.

Jetzt war ich fast 30 und ließ schon ein Leben mit Höhen und Tiefen hinter mir. Ich richtete mir ein neues Leben ein, das ich mochte. Auch die Zukunft hielt viele erzählenswerte Geschichten bereit. Für mich fing ein neues Zeitalter an....

Zeitfracht Medien GmbH
Ferdinand-Jühlke-Straße 7
99095 Erfurt, Deutschland
produktsicherheit@kolibri360.de